結與書系列
《最後一間書
》的
漫
結
Mizuki Nomura
野村美月
illustration 竹岡美穗
U0028887

目次

序章 —— 3
第一章 《絕種生物圖鑑》的長久等待 —— 15
插　曲 《野菊之墓》深藏的名字 —— 59
第二章 《海鷗》的驕傲 —— 83
插　曲 和《怪傑佐羅力：神祕的外星人》永永遠遠在一起！ —— 123
第三章 《紅字》的罪行 —— 145
第四章 《論幸福》隱約而明確的效用 —— 191
終　章 我遇見的《郵差的故事》 —— 221

「我們小矮人不用打開信封也能知道信件的內容。如果信裡寫的東西沒有感情，摸起來就會冷冰冰的，如果信裡寫的東西充滿感情，摸起來就是溫熱的。」

——摘錄自《郵差的故事》

序章

在一個積雪深厚的早晨，圓谷水海收到自己打工書店的店長過世的消息。

「我們是這個小鎮上的最後一間書店，所以只要我還活著，就絕對不會關掉書店。」

這是身兼書店老闆和店長的幸本笑門近來的口頭禪，他戴著眼鏡的眼睛細細瞇起，溫柔的表情和平穩的語氣也沒有半點悲壯氣氛，而是開朗又愉悅。

水海也笑著說：

「那店長一定要長命百歲喔。」

十年前，水海還在讀國中的時候，鎮上的書店多達五間，後來因為看書的人變少，再加上電子書和提供線上訂購送貨服務的大型網路書店的競爭，書店一間間地關門了。

目前僅存的幸本書店，座落在一條有著老咖啡廳、居酒屋和小型電影院的寧靜道路上的三層樓狹長建築物，雖然與鬧區是反方向，但距離車站只有三分鐘路程，是本地愛書人的休閒場所。

說是這樣說，水海也很清楚書店的處境有多辛酸，諸如銷售量每年遞減、進書量越來越少，店長想要推薦給愛書人而進貨的時下話題之作也是大部分都賣不出去，只能無奈地退貨。

在這種時候，店長還是平靜地笑著，柔和地說：

「幸本書店是鎮上的最後一間書店，如果關門了，很多人都會覺得寂寞或困擾。要去鄰鎮的書店得花一個小時的車程，若是下雪的季節，對老人家來說就更不方便了，所以我只要還活著，就會繼續開店。」

水海覺得店長這番話聽起來就像將來要她幫忙關掉書店，心中不禁有些浮躁。

……店長不打算再結婚了嗎？

店長還算年輕，才四十多歲，身材保養得宜，至少沒有大肚腩，個性親切又體貼……一定會有女性喜歡他的。

可是店長有著悲傷的過往，一下子失去了所有心愛的人，或許他已經不想再組建家庭了。那件事確實悲傷得令人心碎，如果店長真的這麼想也無可厚非……

如今店長過世，幸本書店也不得不關門，水海的心中寂寞得有如下起嚴寒的大雪。

水海本以為這是很久以後才會發生的事，而且她還一直暗自期盼著店長再次擁有新的家人，這樣幸本書店就能持續營運下去。

她連想都沒想過，店長竟然才四十九歲就過世了。

而且是因為那麼離奇的意外事故。

遺體的發現者是在書店打工的大學生。書店從早上十點開始營業，他九點一到店裡，就發現店長頭部流血，倒在二樓童書區的地上。

梯子倒在他的腳邊，四周散落著書本。

店長想必是前一天晚上獨自留在店裡整理書本，整理到一半時梯子倒了，被手推倒的書本從書櫃紛紛落下，其中一本不巧打中了他的要害。之後他的頭又撞上了平臺的桌角，被發現時滿地都是血，他已經停止呼吸。

打工的大學生急忙打電話叫救護車，但來不及了，警方研判這是一場不幸的意外。

店長的家人全都不在人世了，書店沒了老闆，只能關門。

幸本書店要關閉了嗎？那我以後要去哪裡買書啊？

這裡離車站很近，書又齊全，非常方便。而且店長很親切，又很懂書。

沒想到第三代店長笑門先生會以這種方式過世。笑門先生在太太和孩子死了以後還是繼續努力服務大家呢。這一家人的運氣實在太差了。

能不能想個辦法讓書店繼續營運啊？

如果幸本書店不在了，我會覺得很寂寞的。

在書店工作的水海不斷聽到這樣的意見，可是沒有任何人狂熱到願意買下虧損的書店繼續經營，所以延續了六十九年的幸本書店就決定在第三代店長幸本笑門死後的兩個月——三月的最後一天——結束營業了。

書店至今依然關著大門，但這樣就沒辦法在關店前感謝顧客及整理庫存，因此水海決定再開店一個星期，忙著準備結束營業。

店長過世後，水海有一個月左右什麼事都不想做，每天只是在家裡發呆。她覺得店長已經不在和幸本書店要關門這兩件事太不真實了，讓她連哭都哭不出來。她刻意淡化情緒來保護自己的心，整天都閉著眼睛躺在床上。

和一般的愛書人一樣，水海也有近視，不戴眼鏡連自己的手指都看不清楚，但她還是經常不戴眼鏡在家裡走來走去，從冰箱裡翻出火腿和起司之類不需要煮的東西來果腹，如此過著每一天。

現在她終於振作起來了，她想藉著最後營業的忙碌準備工作來轉移注意力。

包括水海在內，店裡共有五位打工的店員，兩位是高中生，一位是大學生，還有一位是家庭主婦。從高二起在幸本書店打工了七年的水海是資歷最深的員工，其他員工都很依賴她。她不像其他人還要忙著讀書或照顧家庭，可以把所有時間都用來準備幸本書店的最後一次營業。

因此，這一天水海也獨自在店裡處理繁瑣的工作。

整理完三樓的漫畫區以後，她正打算下樓。

此時她聽見二樓的童書區傳來說話聲。

鐵門已經拉下了，店裡應該只有她一個人。難道是哪個員工跑來了嗎？

她站在樓梯上扶著眼鏡，凝神望向二樓。

結果發現一位沒見過的少年站在書櫃前。

好像是高中生？

那個人身高不高，穿著深藍粗呢大衣，圍著一條白色圍巾。

水海正想過去警告他不可以擅自闖入，卻聽到少年用尖細的聲音說：

「這樣啊。嗯，嗯……那真是叫人難過呢。嗯……我懂。」

他在跟誰說話啊？

無論水海怎麼調整眼鏡，她眼中看到的還是只有那位穿粗呢大衣的少年。

「呃，對不起，夜長姬，我沒有劈腿啦。我早就叫妳留在家裡，但妳還是硬要跟來。」

水海突然覺得有點恐怖。

那少年到底在跟「誰」說話？

「是啊，分開十天一定很難熬吧，我也一樣啊。嗯，我愛妳。我沒有說謊喔，我的心裡只有妳一個，所以妳先安靜一下啦。我可以向書神發誓億萬次，我絕對不會劈腿的。」

少年所在的位置正好是店長流血倒下的地方。

水海發現這一點，頓時感到後頸發毛，手腳僵硬。

「打斷你說話真是抱歉。我的女友雖然可愛，但是太愛吃醋了。呃，那我再問一次，是誰殺了笑門先生？」

水海的背脊冒起一股寒意，肩膀猛然一顫。她承受不住心中湧出的恐懼，大聲喊道：

「你在那裡做什麼！」

少年回頭望來。

他戴著一副大大的眼鏡，長得一副娃娃臉。他睜大眼睛，嘴巴半張地看著水海。

一頭黑髮柔軟地翹著……看起來只是個普通又純樸的少年。

因為少年的容貌平凡到令人傻眼，水海比較不害怕了，她毫不猶豫地朝他走去。

「你剛剛在跟誰說話？你提到了店長吧？這是怎麼回事？」

水海瞪著少年問道，少年鏡片底下的眼睛眨了眨，稍微舉起雙手，像是表示「先等一下」，又或者是投降的意思。

「對不起，我剛才在一樓的後門叫喊，但沒有人回應，我就自己進來了。我叫榎木結，我是收到律師的通知才來的。」

少年說話時沒有本地居民特有的口音，而是像電視裡聽到的一樣標準。

這孩子是從外地來的？

他說的律師是怎麼回事？

水海越來越疑惑，然而結又說出了更令她吃驚的事：

「笑門先生在生前請律師保管的遺書裡提到了我，說他過世之後要把幸本書店所有的書交由我處理。」

他露出了令人很有好感的燦爛笑容說：

「剛好學校正在放春假，我從明天開始會在這裡打擾一陣子。呃，妳應該是圓谷水海小姐吧？聽說妳是在這裡打工最久的員工，是最值得信賴的人！太好了，這樣我就放心了！我很懂得要怎麼對待書本，但從來沒在書店工作過，所以還要請妳多多指教。」

第一章

《絕種生物圖鑑》的長久等待

「歡迎光臨！我們從今天開始舉行閉幕活動，客人可以和回憶的書本合照、做成看板，請大家一定要來參加。」

在白襯衫之外套著印有店名藍色圍裙的眼鏡少年精神飽滿地大喊，水海一臉嚴肅地在旁邊看著他。

——大家好，我叫榎木結。我在幸本書店關店之前會留在這裡幫忙，雖然時間不長，還是請大家多多指教。

在水海和結相遇的隔天。

其他員工看到這位笑著打招呼的矮小少年也都是一臉疑惑。

結到四月就是高二了，他從東京千里迢迢地來到東北地區的這個小鎮。他說這是因為店長在遺書裡指定死後要把幸本書店所有的書交給榎木結處理，之後律師造訪店裡，他的通知和水海之前從結口中聽到的一模一樣。

不是把書「送給」他，而是要他「處理」？這是什麼意思？

委託販售的書本可以在規定的時間之內退貨，基本上所有新書都是委託販售的，所以還沒賣掉的新書全都可以退貨。店長的意思是要這位少年負責辦理退貨嗎？

不管怎樣，既然幸本書店所有的書都得由這位少年全權處置，沒有他的准許就不能賣書了。

那閉幕活動呢？

大家都很擔心這件事，結出人意料地十分配合。

——啊，這裡的書都是屬於幸本書店的，閉幕活動可以照常舉行。也請讓我一起幫忙吧。

他笑瞇瞇地這麼說。

看到少年隨和的笑容，除了水海以外的員工都放心了。

——話說回來，榎木弟弟和笑門店長是什麼關係啊？親戚嗎？

——我記得店長的家人全都過世了，應該沒有其他親戚啊。

——難道是店長的私生子！

——聽你這麼一說，他的確很像店長，兩人都戴眼鏡！

水海反駁打工的男生，說他們相像的地方只有大大的眼鏡，店長才沒有私生子。

回到書店工作後，水海一直神經緊繃，連她自己都快要受不了了，如今看到結親切隨和的態度更是焦躁不安，對他充滿了疑心。

她無法理解店長為什麼要把幸本書店所有的書交給還在讀高中的結來處理，而且她本以為自己是最受店長信賴的員工，多少也有些不甘心。

為什麼是這個孩子？

他甚至不是本地人，而是從東京來的。

水海一直浮躁地這麼想著，後來聽到結說起他和店長的關係……

——大概在去年秋天吧，笑門先生來東京辦公的時候和我偶然地認識了。我也很喜歡書，我們可說是志同道合。就是這樣的關係。

這令水海更加氣憤。

去年秋天？那他們頂多才認識半年嘛！我可是在這間店裡工作了七年耶！

此外，水海第一次見到結的那一天，結站在店長意外身亡的書櫃前自言自語的事，以及他當時說的內容，都令她非常介意，心裡惶惶不安。

——是誰殺了笑門先生？

他是這麼說的。

當時水海問他那是什麼意思。

——呃，我有這樣說嗎？

他卻一臉疑惑地裝傻。

——你說了，我聽得一清二楚。

水海繼續逼問，他突然睜大眼睛，「哇！」地大喊一聲。

——我、我沒有劈腿啦，夜長姬。不要突然說什麼「詛咒你」的，這樣對心臟很不好耶。咦？沒那回事，妳誤會我了啦。我愛妳，別詛咒我啦。

結突然變得很驚慌，開始自言自語。

水海不禁愕然。

——對不起，我的女友只要看到我靠近其他女性或說話就會吃醋，請妳別把臉貼得那麼近好嗎？

他一臉抱歉地說。

——女友？在哪啊？你剛才一直在自言自語，有夠詭異的。

結鏡片底下的眼珠滴溜溜地轉動，表情寫著「糟糕了」。

——我一直很小心避免在人前跟她說話，結果還是忍不住。呃，那個，其實我可以跟書說話。

他又說了非常莫名其妙的話。

——你在開玩笑嗎？

——不是，絕對不是！我從小就能聽到書本說話的聲音，我對書本說話，他們也會友善地回應。我說的女友就是「她」。

結與匆匆地從大衣的口袋裡掏出一本淡藍色封面的薄薄文庫本。

《夜長姬與耳男》。

這是坂口安吾的小說。

我記得這個故事寫的是雕刻師傅被一個喜歡看人死去的魔性美少女玩弄於股掌之中，那位公主的名字就叫夜長姬。

這就像是愛看輕小說和漫畫的那些男生會把喜歡的女性角色稱為「我老婆」嗎？

可是他甚至會和「老婆」對話。難道他是重度阿宅？或是中二病？

——夜長姬也在向圓谷小姐打招呼，她說「妳要是敢把臉貼近結，或是摸他、對他眨眼，我就要詛咒妳」。對不起，如果妳能多注意一下，我會很感激的。

我才不會做這種事！

水海不禁懷疑結是不是故意惹她生氣，好把話題從店長的身上轉開？但她愕然地發現了一件事。

——你叫我圓谷小姐？你怎麼知道我的名字？對了，你剛剛還說了我是在這間店待最久的員工……

沒錯，結說了「妳是在這裡打工最久的員工，是最值得信賴的人」。是誰告訴他的？

結那雙大而清澈的眼睛透過鏡片凝視著水海，露出微笑回答：

——是書本告訴我的。

說什麼蠢話。

水海當時有點嚇到，因此產生了「結好像真的能聽見書本聲音」的錯覺。仔細想想，他或許只是事先看過員工資料，而且履歷表上都有附照片。

他一定早就知道水海的事了。

人怎麼可能跟書說話嘛。

如果他相信這種事，那他不是有中二病就是得了妄想症。

——是誰殺了笑門先生？

他會說出那句話，一定也是因為陷入自己幻想的世界太深。

水海為客人帶路，一邊眼神銳利地望著結所在的方向。

結的口條清晰，和客人的對應也很周到，不用等到水海吩咐，他就把一切都做得好好的。水海有點不甘心，但他確實派得上用場。

他說自己很懂得該怎麼對待書本，而他對待書的方式確實細心到令人驚訝。他拿書的動作十分輕柔，像是拿著什麼寶貝，翻書的動作也溫柔得如同輕撫，看書時眼中充滿柔情，簡直像是看著親密的朋友。

看到客人拿起書，或是決定買哪本書，他都會笑著說「太好了」。

那副模樣令水海不禁想起笑門店長，因為店長看到書賣出去時也會很開心，用溫柔的微笑目送書本被帶走，像是默默在對書本說著「太好了」。

可是結又不是店長，他也絕不可能是店長的私生子！

「圓谷小姐，用來製作看板的紙板最好多準備一些。我來做吧。」結露出開朗的神情對水海說道。

他一邊用剪刀剪起厚紙板……

「讓客人為喜愛的書寫下宣傳文字，在閉幕活動中擺出來，這是效法《彼山書店的葬禮》吧？」

一邊愉快地這麼說。

「那本暢銷小說描寫了雪鄉小鎮僅有的一間書店關閉前的最後一天。書店的常客陸陸續續來到店裡，和充滿回憶的書本一起合照，並在現場寫下廣告看板，看板如同色彩繽紛的旗幟愉快而驕傲地掛在店內各處……這一幕在小說和電影裡都讓人留下了美好的印象。作者田母神港一先生也是本地人，他還在幸本書店辦過簽名會呢。」

「……田母神先生……成為小說家之前是本店的常客，和笑門店長關係也很好……」

作品改編的電影也大受歡迎的暢銷作家要在家鄉的書店辦簽名會，這個消息讓本地人非常興奮，當天書店外面大排長龍。

店長笑容滿面地對水海說過，那時每個人都拿著一本《彼山書店的葬禮》，臉上充滿了喜悅和期待。

那必定是幸本書店最輝煌的時代。

當時網路不像現在這麼普及，也沒有智慧型手機，一個人能做的娛樂也比現在少很多；對很多人來說，看書想必是一件開心、幸福的事，也是精神的食糧。

就連裝訂精美的精裝本那幾乎會劃傷手指的新紙，和那沉甸甸的重量都令人滿心雀躍。

那已經是二十年前的事了。

水海當時還沒上幼稚園，但她也記得和媽媽一起排在長長的隊伍中，請作者在封面內側簽名。

不過那本書已經不知道丟到哪裡去了。

「田母神先生會來參加閉幕活動嗎？應該會來吧？如果描寫村子最後一間書店的最後一天而成為暢銷作家的田母神先生，來參加鎮上最後一間書店的閉幕活動，一定會有很好的宣傳效果。」

結說得非常興奮，那柔軟翹起的黑髮也跟著上下跳動。

「不知道耶……我已經聯絡過他了，不過他應該很忙吧。」

田母神港一已經不像全盛時期那麼受歡迎了，但他至今還是會定期推出新作品。

他只有在幸本書店辦過一次簽名會，之後有一些請他來本地的公民會館演講之類的邀請，全都被他回絕了，所以他或許不會來吧。

店裡生意持續低迷的時候，有人向店長提議再邀請田母神先生來辦簽名會，但是店長瞇起鏡片下的眼睛，有些寂寥地微笑著回答：

——唔……田母神港一先生啊，大概很難吧。

田母神還住在鎮上的時候和店長非常要好，還會留宿書店的辦公室，和店長徹夜暢談書本，但他成了小說家而搬去東京之後，情況就不一樣了。

前年辭職的一位年邁員工說過：

——笑門先生的孩子出生時，田母神先生寄來了賀禮，笑門先生很高興地打電話去致謝，順便邀請對方「有空再來幸本書店玩」，結果被拒絕了……那時他非常沮喪呢。

那位員工說，笑門先生不是一個會把憂傷表現在臉上的人……但他當時很罕見得一臉難過地說了喪氣話，所以她記得很清楚。

田母神先生以前明明跟笑門先生那麼親近，就算在笑門先生很忙的時候也會在辦公室裡賴著不走，真是太無情了。

再怎麼批評他也沒有意義，因為離開鎮上的人都會忘了這個小鎮……

不過鎮上的居民還是會牢牢記著離開的人，彷彿昨天才剛見過似地談起他們。

「咦？那位客人……」

在講話時仍一直剪著紙板的結突然停止動作，望向店門口，像是發現了什麼異狀。

他鏡片底下圓圓大大的眼睛隨著那位客人的身影慢慢轉動。

轉向收銀臺前的通道。

轉向通道盡頭。

他似乎在屏息傾聽著什麼聲音，只有眼睛像漂浮在水面上的樹葉一樣慢慢地移動。

「圓谷小姐，那個人是店裡的常客嗎？」

「咦……我不認識耶……」

「這樣啊。可是……」

結似乎很在意那個人，所以水海也跟著定睛凝視。那是一位滿頭白髮、稍微駝背的老年男性。

大概是七、八十歲吧？

他的臉上刻劃著深深的皺紋，眼眶凹陷，從頭到腳都透露出焦躁。水海不禁有些驚慌。

在書店工作多年，很自然地就能分辨出誰是小偷。

最近會偷書的不只是年輕人，也包括了生活困苦的年長者。

那位老先生穿的外套非常老舊，仔細一看，袖口和下襬都垂著線頭，像是被拉扯過。

難道……

水海拋下不發一語地思索的結，若無其事地跟在老先生的身後。

他看都不看放在一樓的一般書籍和雜誌，直接走上店面中央的樓梯。

二樓是童書區。

幸本書店一直很重視童書區的經營，這裡藏書規模之豐富不輸給大書店，水海一向為此感到自豪。

不過二樓也是店長過世的地方。

常客之中有些人對事發現場很感興趣，甚至會爬上二樓，向水海等人詢問「店長是在哪裡死的啊？」」。

水海叮嚀過其他員工，如果有人這樣問，就婉轉地拒絕回答，所以這位老先生應該不知道笑門店長是在二樓的「哪裡」死的。但老先生毫不遲疑地走到那邊，停了下來。

他不是……來偷書的？

水海的胸口突然揪緊。她對那位老先生的疑惑慢慢轉變成黑暗而沉重的情緒。為什麼他會停在那個地方？

那裡正是店長倒下的地方。

那一天水海來到店裡時，遺體已經被搬走了，但現場還留著血跡，警察正在四處調查。

老先生瞇起眼睛，表情扭曲地抬頭看著上方書櫃。

他艱辛地伸長脖子，卻還是目不轉睛地看著，滿是皺紋的臉越來越扭曲，一副很痛苦的樣子。那表情緊繃得彷彿隨時會放聲嘶吼。

老先生的視線落在兒童用的字典和圖鑑區，應該就是那裡的書砸到店長的腦袋，奪走了他的性命。

水海的脖子緊張地繃住，手心冒出冷汗。

心臟撲通撲通狂跳不已。

老先生直起身子，把手伸向書櫃。

「！」

他手背和手腕上的傷痕令水海愕然地倒吸一口氣。

那麼多的傷痕，簡直像是被銳利的爪子和牙齒撕扯過……

布滿傷痕的手伸向書櫃的最上層。

老先生的身高和同年齡的人差不多，大約是一百六十五、六公分。雖然有些駝背，但他還是踮起腳尖拉長身體，想要拿最上層的圖鑑。

那是給小朋友看的圖鑑，但是非常厚重。

如果他用這種不自然的姿勢抽出書本，不小心手滑把書砸在自己頭上，或許會危險啊！

水海一想到大量書本砸在老先生頭上的畫面，頓時感到體內糾結、翻攪不止。步上店長的後塵。

「這位客人，如果您想要拿書，我可以幫忙。」

水海努力隱藏心中的猜疑，客氣地說道，老先生滿是傷痕的手顫抖了一下，轉頭望來。

他的表情依然扭曲，凹陷的眼睛像在瞪人似地看著水海。

老年人特有的堅毅眼神令水海有些畏縮。有些老人家一不如意就會立刻破口大罵，從前應付過麻煩客人的經驗令水海緊張得全身僵硬。

但她還是勉強擠出笑容，問道：

「請問您要拿哪一本書呢？」

老先生的肩膀又猛然一顫，乾裂的嘴脣微微張開後又緊緊閉上。

他像是要藏起手上的傷痕，把手縮進大衣的袖子裡，露出既猶豫又似焦躁的神情，最後聲音低沉沙啞地說：

「……這裡沒有。」

「啊？」

水海聽不懂。

她明明看見老先生拚命伸長了手想要拿書，他卻說這裡沒有他要的書？

「那您想找哪本書？我可以幫忙找。」

聽她這麼一說，老先生原本緊繃而驚恐的表情逐漸變得哀傷，嘴角微微下垂，語帶絕望地說：

「……沒關係，不用了。已經不在了。」

他喃喃說道。

「可是……」

水海不知道他到底想找什麼書，正感到不知所措時……

「您要找的那本書就在店裡。」

後面突然傳來這個聲音。

水海驚訝地回頭，看到的是眼鏡底下的眼睛閃閃發亮的結，柔順翹起的頭髮搖曳著。

等一下，你在說什麼啊！

從剛才的對話根本聽不出他想找什麼書嘛！

老先生也睜大了眼睛。

結依然掛著愉快的笑容。

「我現在就去幫您拿來，請您在這裡稍待片刻。」

他開朗地說完，轉過來眼神明亮地看著水海。

「圓谷小姐，請妳一起來幫忙。」

結說完轉身就走，水海匆匆對老先生鞠了個躬，慌張地跟過去。

「等一下，你要去哪啊？你要我幫什麼忙？」

「唔，我希望妳帶我去那位客人想看的書所在的地方。我已經得到提示了，但還沒想明白。」

「什麼？你連書放在哪裡都不知道，就跟客人說要幫他拿來？真是不敢相信。」

水海差點忍不住大吼，但還是盡量壓低聲音。

這孩子真的很奇怪！千萬不能信任他！

「現在就回去向客人道歉吧。」

「請等一下。雖然靠我一個人辦不到，但只要有圓谷小姐幫忙，應該就能找到了。」

為什麼他能說得這麼肯定？水海完全無法理解，但還是板著臉問道：

「……你說的提示是什麼？」

結的表情變得比較柔和，似乎鬆了口氣。他回答：

「第一個是『很大、很凶、很可怕的東西』。」

「啊？」

水海聽得一頭霧水，結流暢地繼續說：

「『很久很久以前的事』。」

「等一下……」

「『現在已經沒有了』。」

「沒有了嗎？」

「不，應該放在『茶室』。」

「茶室……？」

那是哪裡啊？

「有『海洋』和『鳥骨頭』的地方，在『藍色陵墓』裡面。」

皺眉按著額頭的水海突然想到。

海洋和鳥骨頭！不會吧！

結露出微笑說：

「哦，妳知道了？」

水海沒有回答，而是抿著脣邁出步伐。她心想結果然是在開玩笑，因為他說的鳥骨頭……

她在二樓的通道筆直前進，來到底端的辦公室，打開門。

這是個水泥牆環繞的三坪大灰色房間，房裡有沙發、邊几、辦公桌，還有書櫃，裡面雜亂地放著尺寸和類型各不相同的書本。

對面的牆上掛了一幅Ａ４大小的畫。

主題是藍色的海洋和沙灘，以及矗立在岸邊的蒼白巨大鳥骨。

結似乎是第一次走進辦公室，他一看到那幅畫……

「海洋和鳥骨頭就是這個啊？」

就這樣喃喃說道。

「那茶室是指什麼？」

「……店長經常在這個房間泡茶，大家都戲稱這裡是『幸本咖啡廳』。」

二樓的辦公室等於是店長的另一個家，裡面還為客人準備了各式飲料，如紅茶、咖啡、日本茶、花草茶。

水海在國中時期第一次來到這個房間時，店長為她泡了甜茶，她開心得簡直想哭。

如今她彷彿也能看到店長微笑的幻影出現在白濛濛的熱氣後方，不禁感傷得喉頭哽咽，肩膀顫抖。

還好結沒有發現她的動搖，他看著牆壁說：

「原來如此，所謂的『藍色陵墓』就是那個吧。」

畫的下方有一個藍色收納箱。結跪在地上打開箱子，在裡面翻找，拿出幾本破爛的舊書疊在地上，然後用雙手捧起一本書。

「找到了！」

他的眼睛亮了起來。

還沉浸在往日回憶的水海一看到結如獲至寶地捧起的書就嚇了一跳，回過神來。

「等一下！榎木，那個是……」

「我拿去給客人。」

「慢著！榎木！」

水海想要喊住結，但他已經抱著書本衝出辦公室了。

她急忙追過去。

怎麼辦？如果把那本書拿給客人，對方一定會大發雷霆，覺得自己被耍了。

心急如焚的水海看見結笑容滿面地把書交給老先生，開朗地說：

「久等了，您要找的就是這本書吧？」

結手上拿的是給小朋友看的圖鑑，版面很大，封面上印著書名《絕種生物圖鑑》，還畫了恐龍、袋狼、渡渡鳥之類的動物。

『很大、很凶、很可怕的東西』

『很久很久以前的事』

『現在已經沒有了』

這本書確實符合結所說的「提示」。

可是結拿來的這本圖鑑封面髒汙、印刷褪色，內頁也皺巴巴的。封面貼著用紅字寫的「樣本」貼紙，外面再蓋上一層透明膠膜。

幸本書店會把破損的舊書拿來當樣本書，尤其是童書區的書經常會被小孩弄髒，或許是因為這樣，所以放了一些不怕弄髒的樣本書。

結從藍色收納箱裡拿出來的就是樣本書，但這本書年代久遠，整體破損得很嚴重，一眼就能看出它做為樣本書的任務已經結束了。

竟然把這種不能當作商品的破書交給客人……

水海冒出冷汗，在一旁插嘴說：

「非常抱歉，這位是前天剛來的新員工。」

她正打算道歉時……

原本表情苦澀的老先生突然睜大了凹陷的雙眼，不敢置信地看著貼著「樣本」字樣的圖鑑。

他的嘴脣、手臂、肩膀都在發抖。

看到老先生臉上的表情不是憤怒或失望，而是充滿了感動，讓水海驚訝得說不出話。

那雙圍繞著皺紋的眼睛浮現了淚光。

老先生從大衣的袖口慢慢伸出布滿傷痕、瘦骨嶙峋的手，從結的手中接過圖鑑。

沉重的書本把他細細的手腕壓得下沉，但他的眼睛卻變得更溼潤，彷彿連這份重量都令他感動不已。

老先生的語調近乎哭泣：

「沒錯……我在找的就是這本書。我還以為早就丟掉了，沒想到竟然還在……」

結望著那雙滿是傷痕和皺紋的手憐愛地抱緊書本，表情溫柔得彷彿是自己被最懷念、最親愛的人輕柔地觸摸著。

——好久不見了，你過得好嗎？

——你長大了呢。

結彷彿聽見了這些話，眼鏡底下的大眼睛陶醉地瞇起，殘留著稚氣的嘴脣漾開了笑容。

老先生用顫抖的手指小心翼翼地翻開封面，細小文字的旁邊畫了一隻暴龍。老先生看著暴龍，表情再度扭曲，咬著嘴脣一再眨眼。

水海完全不明白這是怎麼回事。

她在幸本書店打工七年了，但當她把找到的書交給客人時，從來沒有見過誰露出這麼開心、這麼幸福的表情。

對這位老先生而言，這本褪色破爛的圖鑑正是世上僅有一本的珍貴寶物。

老先生不斷眨眼，吸著鼻水，用滿是傷痕的手翻著書。

「沒錯，我想讀的就是這本書，我要找的就是這本書……」

他喃喃說著。

在那之後。

老先生說出了他和這本書之間的往事。

他的名字叫古川道二郎，在鄰鎮當獸醫。

聽到他手上的傷痕都是在治療動物時被抓傷或咬傷的，水海終於釋懷了。大衣上的破損是他家的貓搞的鬼，雖然太太覺得這樣很難看，但他個性節儉，一直捨不得把衣服丟掉。

道二郎還是個孩子的時候，幸本書店的店長是創始者幸本夏。在戰爭中失去丈夫的幸本女士獨自養育年幼的孩子，還在鎮上開了一間書店。

當年這棟三層樓的豪華書店是本地人的驕傲。

幸本書店裡什麼書都有，去那裡什麼書都找得到。大家要買書第一個都會想到幸本書店，所以生意非常好。

「我家裡很窮，又有很多兄弟姊妹，根本買不起書這種奢侈品，所以我小時候最期待的就是放學後走路一個小時去幸本書店免費看書。」

他就是在那時見到了這本《絕種生物圖鑑》。

有著從未見過的動物封面一下子就吸引住他的目光，他飢渴地從那頁的第一個字讀到最後一個字。寫實畫風的暴龍、三角龍、渡渡鳥、袋狼令他滿心驚奇，怎麼看都看不膩。

發現這本圖鑑以後，他更期待去幸本書店了，無論是在學校上課還是在家裡幫忙時，他心裡想的都是「真想快點去幸本書店繼續看那本圖鑑」。

圖鑑的價格貴到讓他跌破眼鏡，家裡經濟狀況吃緊，連一般書籍都買不起，這麼昂貴的圖鑑就更不可能買了。當然，他也沒有零用錢可用。

「即使如此，我一想到只要去幸本書店就能看到那本寶貝圖鑑，就覺得很幸福了。」

不管是下大雨的日子、寒風陣陣的日子，還是積雪深得會淹到腳踝的日子，他都渴望著見到那本書，渴望著讀那本書，臉頰泛紅地跑去幸本書店。

——啊啊，真想快點看到，好想看啊。

他會在固定的地方拿起圖鑑，一翻開書頁，就感到無比幸福。

袋狼的牙齒是多麼尖銳而強大啊。很久很久以前在這片土地上還有三角龍和暴龍在行走呢，不知道是不是留下了很大的腳印。渡渡鳥明明有翅膀卻不能飛，只能搖搖晃晃地走路呢。

那些動物彷彿隨時會從翻開的書本裡跳出來。

好開心，好興奮。

不過，某一天他發現有個女店員在看他。那位女性紮著馬尾，戴著眼鏡，身材又高又瘦，背脊挺得跟直尺一樣直，表情嚴肅得好像在生氣，讓道二郎有些害怕。

那個女人一直看著他。

一定是因為他每天跑來看免費的書，所以那女人生氣了。

他很擔心那個女店員哪天會把他趕出去，跟他說「你以後不要再來了，想要書的話就拿錢來買」。

如果真的發生那種情況，該怎麼辦呢？

他光是想像就覺得胸口揪緊，心裡非常悲傷。

童書區除了道二郎以外還有很多小孩會來看免費的書，可是那些小孩的父母來接他們時還是會買書。

一本書都沒買過的或許只有道二郎一個人吧。他因為心生自卑，只要那個可怕的女店員一出現，他就會闔上圖鑑，悄悄地下樓。

每當這種時候，他都會覺得自己很悲慘，很想哭。

有時會有一位穿學生制服的店員在童書區陪小孩子玩，他故事朗讀得很好，小孩都很喜歡他。

每當他一出現，孩子們就會拿著書圍過來。

——啊，兼定哥哥來了。

——兼定哥哥，你讀這本書給我聽。

只要他開始讀書，靈活地改變音色來扮演不同的角色，就連在看書的那些孩子都會聽到入迷。

道二郎只有在這時才會停止翻書，悄悄地豎耳傾聽他的朗讀聲。

穿學生制服的少年叫幸本兼定，是店長的兒子。

只有道二郎一個人在童書區時，兼定還會輕鬆地和他攀談。

——喔，那本書很好看嗎？

看到道二郎默默地點頭，他就笑著說：

——這樣啊。那你就慢慢看吧。

之後兼定就不會再管道二郎了，所以他一點都不覺得有壓力。

因此道二郎在童書區看到兼定就覺得輕鬆，看到那個女店員則是很失望。

「那位女店員是兼定先生的母親，第一代店長幸本夏女士。」

道二郎懷念地瞇起眼睛說道，他會知道這一點，是因為後來發生了一件令他大感意外的事。

那一天，道二郎又在放學之後走路一個小時去幸本書店。

童書區有其他的孩子在看書，沒有看到店員。

太好了……

道二郎安心地走到常去的書櫃，正想從最下層抽出《絕種生物圖鑑》的時候……

他視如珍寶的圖鑑不在那裡。

咦？被人買走了嗎？

他的腦袋一片空白。

那本書才剛出版不久，而且價格那麼昂貴，學校的圖書室也沒有相同的書。如果圖鑑被人買走，他就再也看不到那本書了。

他心臟狂跳，冷汗冒出。

真的是被買走了嗎？會不會只是不小心放到其他地方了？

他緊張屏息地從書櫃最下層掃視到最上層，結果卻更令他絕望。

「圖鑑被擺到最上層了。那種高度就連大人不踩著梯子也很難拿到，更何況是孩子呢？」

道二郎仰望著心愛的圖鑑，彷彿眺望著綻放在遙遠山頂、無法觸及也聞不到香味的夢幻花朵。

大概是因為我每天都跑來白看書，所以店裡的人故意把圖鑑放到那麼高的地方，讓我拿不到。

一想到這裡，他眼底發熱，胸口痛得幾乎裂開。

他知道是自己不對，明明沒錢又要白看人家的書，他無法責怪別人。可是一想到再也不能看到那本書，他日常生活中的一切幸福快樂彷彿都被連根拔起，只剩下一個黑暗而空虛的大洞。

他含著淚站在原地，突然有一本書從旁邊遞過來。

——你在找這本書嗎？

出現在他模糊視野裡的是已經失去的圖鑑。
上面貼著用紅字寫的「樣本」。
把那本書遞給道二郎的就是那位眼神嚴厲的可怕女店員。

——這是用來試閱的，你可以隨便拿去看。

女店員的表情和平時一樣緊繃，聲音也很冷硬。
但她看到道二郎一臉疑惑地站著不動，就直接把書塞到他的懷裡。

——拿去吧。

她如此說道。

——等你長大以後，再來我們書店多買一些書吧。

說完之後她就挺起身體走開了。

道二郎緊緊抱著貼上「樣本」的圖鑑，被一種和剛才截然不同的情緒弄得更想哭了。

「那時我才知道夏女士是店長，也明白了她平時那麼嚴肅是為了告誡孩子們小心不要受傷。她一定也很注意我吧。」

夏女士的丈夫在戰爭中過世了。

戰時是黑暗又苦悶的時代，所有的娛樂都被禁止了，連看書也不行，非常渴望看書的夏女士就決定在和平到來以後要開一間書店。

她想要開一間書店，被一輩子都看不完的書圍繞著，鎮上的人也會興奮地來到書店，知道只要來到這裡就一定會找到想看的書、一定能遇見美好的書。

幸本書店的客人告訴了道二郎關於夏女士的事，年幼的他並無法完全理解。

但他已經不再把夏女士視為可怕的店員了。

反而覺得她鏡片底下那雙沉靜的眼睛既正直又美麗。

——我問過夏女士覺得哪一本書最好看，她回答是已經過世的丈夫在戰爭時告訴她的故事。因為她當時很想看書，所以丈夫每晚都會即興編故事給她聽。對夏女士來說，丈夫空繼先生是最特別的「書」。兼定先生那麼擅長朗讀也是跟空繼先生學來的。

這些事也讓道二郎感觸良多，他覺得對自己最特別、最重要的書，就是這本貼著大大「樣本」字樣的圖鑑。

升上三年級以後，道二郎就被家人視為可用的勞力，沒辦法像以前那麼頻繁地去幸本書店。但他直到國中畢業為止，每次去幸本書店都會拿起《絕種生物圖鑑》翻閱。

因為那是他心中特別的書，確確實實地帶給了他幸福。

我遲早會來幸本書店買下這本書。

我會把錢交給夏女士，說出「我要買這本書」。

道二郎立下這個心願後，十五歲就去東京工作，但他在印刷工廠裡的第一份工作每天都非常辛苦。

永無止境地加班，幾乎沒有休假，寄錢回家之後工資就所剩無幾。到了第五年，他就因為健康出問題而遭到解雇。

「我的夢想和希望全都破碎了……我帶著沉痛的心情回到這個小鎮……隔了幾年又來到幸本書店，我卻只覺得抱歉。本來打算賺了錢以後買很多書來報恩，但夏女士已經過世，而我甚至得借錢度日，也不知道何時才能繼續工作……前途真是一片黑暗啊。我還想過，自己大概會像圖鑑上那些絕種生物一樣漸漸滅亡。那個時候，是這本書讓我得到了救贖。」

他像個廢人一樣無力地爬上通往二樓童書區的樓梯，心想那本樣書應該已經不在了。

「但那本書還在。」

道二郎彷彿懷著極深的感慨，顫抖地說出這句話，眼睛都溼潤了。

「那本圖鑑比我五年前最後一次翻閱的時候增加了不少損傷，有些書頁的邊緣都破了。就算這樣，我一直當成寶貝的圖鑑依然放在那裡，我……感動得全身發抖。」

喉嚨和眼眶漸漸發熱，他一再忍著不讓淚水湧出。在反覆眨眼之間，他顫抖地拿起圖鑑，翻開封面。

他回憶著因這本書而充滿幸福的少年時代，一邊翻頁再翻頁。

「我感覺這本書在鼓勵我：你還沒滅亡，還有大好的將來，你才剛要開始，未來還能好好地努力。」

道二郎眼眶泛紅，語氣熾熱地說道。

結帶著喜悅的表情在一旁靜靜聽著。

他不時輕輕點頭，彷彿聽見了道二郎珍惜無比地抱在懷中的圖鑑發出的細語。

——你很努力呢。

——你很了不起，沒有輕易認輸。

——我全都記得。

不，不可能有這種事。水海急忙在心中否認。人怎麼可能聽得到書本的聲音嘛，書怎麼可能在說話嘛。

她對幻想著那種情境的自己感到生氣。

可是，這本《絕種生物圖鑑》確實讓道二郎得到了勇氣。後來他一邊工作一邊念高中夜間部，接著考上大學，當上獸醫。如今他的孩子們都離家自立了，他獨自經營著一間小小的獸醫診所。

「我的兒子和女兒都不想當獸醫，所以我創立的診所在我這一代就會結束。我果然還是邁向滅亡了……或許是因為身體越來越虛弱，我最近經常會這樣想。不過我還是很感謝能遇見這本圖鑑，才讓我成為今天的我……我對幸本書店也非常感激。但我真沒想到，不只是第二代店長兼定先生那麼早就過世，連第三代店長笑門先生都……」

由於工作繁忙，他後來就很少從鄰鎮專程跑來幸本書店了。

得知笑門先生過世、幸本書店也要關門的消息，他就像小時候發現圖鑑不在原本位置的時候一樣驚愕。

那本樣品還放在一樣的地方嗎？

道二郎家裡的書櫃已經有他自己買的《絕種生物圖鑑》，但那本樣品是特別的，是它讓道二郎的童年時代充滿幸福，也鼓勵了青年時代的他繼續向前邁進。

在幸本書店關門前，他想確認那本樣品是不是還在這裡。

這個念頭強烈得使他隔了三十多年，再次踏進了懷念的書店。

他直接爬上樓梯，看到二樓依然是童書區，他不禁感慨萬千。

放樣品的地方和書櫃都找不到《絕種生物圖鑑》。這也是當然的……道二郎雖然這麼想，但心裡還是很難過。他又想到，自己已經是大人了，現在應該摸得到最上層了吧，所以試著伸手摸摸看。

這就是水海看到他做出奇怪舉動的原因。

結開朗地說：

「這本書對幸本書店來說是充滿回憶的書，所以笑門先生才會把它保留下來。或許他早就猜到，遲早有一天會有人來找這本書吧。」

水海聽得心中一緊。這件事連她都不知道。

為什麼你會知道這種事？她差點忍不住說出口，急忙抿緊嘴脣。

道二郎充滿感慨。

「是這樣嗎……」

他喃喃說道。

「不過，你怎麼知道我要找的是這本書呢？」

他好奇地問道，結露出燦爛的笑容回答：

「當然是書告訴我的啊。」

此話一出，道二郎睜大眼睛，水海則是皺起臉孔。

「二樓的門邊展示著一些舊書，譬如年代久遠的貴重書本，或是來幸本書店的作家簽過名的書。您走進店裡的時候，那些舊書都在騷動，所以我才會知道您和幸本書店有一段很深的緣分。」

聽到結的解釋，道二郎似乎不太相信。

這是理所當然的，連水海也很受不了他這些可疑的言論。

可是……

「謝謝您今天光臨我們的書店，這本書也很高興能見到您。如果您不嫌棄，請一起拍張照吧，還要麻煩您寫一下看板！」

聽到結的邀請，道二郎伸直抱著圖鑑的雙手，眼神含著真摯情感，看著既是恩人又是老友的書本。

「這樣啊……既然機會難得，那好吧。」

他如此回答。

◇　◇　◇

結幫道二郎拍照，又說明了看板要怎麼寫後就回到一樓。

「謝謝妳。」

他對板著臉的水海說。

「我從其他書本說的話得知道二郎先生要找的書還在書店裡，但是光聽那些提示，我一時之間也搞不懂書本放在哪裡。還好有圓谷小姐幫忙，才能找出那本書。多虧了妳才能讓那本書再次見到道二郎先生，他非常高興喔。」

水海冷冷地回答：

「……喔。」

他不是感謝她讓道二郎見到那本書，而是感謝她讓那本書見到道二郎。

這人說的話老是讓她覺得不對勁。

結沒有發覺水海複雜的心情，眼神依然澄澈地開口：

「這麼多年來，幸本書店裡上演過非常多的悲歡離合，無論是被買走的書，或是留下來的書……在結束營業之前，一定會有很多人回來見這裡的書。真期待呢。」

「……」

道二郎可以見到回憶中的書本，都是結的功勞。

砸到店長的書之中、造成最大致命傷的，說不定真的是放在書櫃最上層的《絕種生物圖鑑》的新書……

水海明白，這件事最好不要告訴道二郎。

不過，這個乍看人畜無害的眼鏡高中生是不是還知道一些她不知道的事呢？

導致鎮上最後一間書店的店長笑門先生死亡的書正是《絕種生物圖鑑》，這只是巧合嗎？

除此之外，樣書所在的辦公室裡畫著鳥骨頭的那幅畫，標題正是「滅亡」。

——這幅畫的標題……叫作「滅亡」。

水海第一次在辦公室和店長說話的那一天，店長溫柔地笑著這麼說。

——這幅畫很漂亮呢。

——這是上一任店長、我的父親畫的。

他平靜而清澈的眼睛凝視著海岸上的那一副巨大鳥骨頭。

那幅畫既美麗又凜然，但水海卻覺得有些孤寂，又有些可怕。

——是誰殺了笑門先生？

她對結說過的那句話一直念念不忘。

當時結是不是從書櫃上的書本那裡聽到了什麼？

如果書真的會說話，他們對結說了什麼？

店長死亡的真相嗎？

水海依然緊繃著臉，喃喃地說：

「榎木……你真的……」

真的聽得見書本的聲音嗎？

她才說了一半……

「嗯？什麼？」

「沒什麼！」

聽到結天真地反問，水海趕緊把臉轉開。
書才不會說話，人也不可能聽到書的聲音。
水海因為差點說出傻話而感到非常羞恥，不禁紅了臉。

插曲

《野菊之墓》深藏的名字

幸本書店要關店的消息讓彬夫大為震驚。

剛過完五十六歲生日的彬夫，在青春時代生活過的東北地區小鎮上有一間幸本書店。

那是一棟夾在大樓之間的狹長三層樓建築，離車站不遠，鎮上的人說到買書，第一個會想到的都是幸本書店。

彬夫在高中時代參加了劍道社，他是所謂的「硬派」，認為喜歡文學的男生感覺很軟弱，他從來不曾主動走進書店，除了要寫暑假作業的讀書感想之外都不會找書來看。（註1）

幸本書店之所以成為彬夫心中神聖、酸甜又兼具令人心情躍然的特別之地，是因為他和大竹瑛子之間那段難忘的回憶。

當時鎮上的高中只有女校和男校，大家都覺得升上高中之後就要男女分開學習是一件很平常的事。

雖然男校和女校經常合辦交流會，然而彬夫是個硬派，因此從國中畢業後都沒有跟家人以外的女性說過話。

彬夫一直過著與女性隔絕的生活，他卻偷偷地關注著每天早上騎腳踏車走同一

註1　硬派又稱強硬派、鷹派，指作風強硬、強調男子氣概且對女性漠不關心的人。

條路的外校女學生。

他沒有對朋友或家人說過這件事，但每當那女孩搖曳著馬尾、水手服衣領和百褶裙襬飄動、穿著襪口反摺的白襪和黑皮鞋的腳踩著腳踏車經過時，他都會心臟狂跳、面紅耳赤地屏息注視。

看到那白皙的後頸和纖細的腳踝，他都覺得自己看了不該看的東西而萌生罪惡感，同時又會湧出某種神聖的感情，心情非常複雜。

就算離得很遠，彬夫也能分辨出她的身影，後來他還會配合她騎腳踏車經過的時間出門上學。

他聽同年級的學生說她是高三生，比他大兩歲，名叫大竹瑛子。

這一帶的男學生都把清純美麗的瑛子當成女神一樣地崇拜。

彬夫很厭惡讚美瑛子的那些男同學，他覺得他們談論瑛子的那些話會玷汙她，每次聽到那些話，他都難受地皺起臉。

對當時的高中生來說，要追求比自己年長的女生是非常困難的，所以年紀較小的彬夫幾乎不可能被瑛子接受，彬夫自己也無法想像跟大兩歲的女生交往。

每天早上看著瑛子騎腳踏車經過就已經是彬夫最大的幸福，他並不期待能得到更多，他甚至覺得光是妄想得到更多就是對瑛子不敬。

所以他某天放學後，偶然看見瑛子把腳踏車停在幸本書店前走進店裡，就跟著走了進去，一定是瘋了。

由於在不尋常的時間、不尋常的地點遇到瑛子，一時衝動之下他失去了自制力，就恍惚地跟著走進去。

——同學！歡迎光臨！

彬夫一走進去，站在櫃檯的男店員就大聲地打招呼，讓他嚇了一跳，背在背上的劍道防具差點撞在門上。

他很少來書店，對書店很不熟悉。書店店員都這麼熱情嗎？

簡直就像在門口吆喝「客人來看看喔！」的蔬果店或魚店老闆嘛。那位似乎比彬夫父親還年輕的店員被別人稱為「店長」或「兼定先生」，每當有客人進來，他都會熱情地打招呼。

——安田先生，你期盼已久的五木寬之的新書已經到了喔！我好欣賞奈津子啊！真是太感動了。絕對要推薦給你！

——我看完《天中殺》了，真是引人入勝，氣氛營造得太棒了！

——喂～美代妹妹，妳看過《海螺小姐的真心話》了嗎？

他簡直就像在跟朋友打招呼，那些客人似乎也很享受和他聊書本的話題。

彬夫所處的劍道社有嚴謹的輩分關係，他對學長說話都要使用敬語，所以這種情形令他非常訝異。他不禁疑惑，文組的人都是這樣嗎？還是只有這個店員比較特別？

而且店長剛才高喊「同學！」，造成了先走進店裡的瑛子轉頭朝他看來的緊急狀況，彬夫和瑛子對上視線，頓時像石頭一樣渾身僵硬。

瑛子發現了他在尾隨她嗎？

如果真的被發現了，或許瑛子會看不起他，覺得他很噁心。

該怎麼辦啊！

彬夫突然感到呼吸困難，急得滿頭大汗，但瑛子立刻轉開了視線，用絲毫感覺不出異狀的步伐走到文庫本的那一區。

對了……大竹小姐不可能認識我。

雖然躲過了一場危機，彬夫卻很失望。

在瑛子的眼中，他只不過是今天偶爾在書店遇見的其他學校陌生男學生。

瑛子早上輕快地騎著腳踏車上學時，一定也沒發現每天都會和他擦身而過。

這是當然的，她沒發現也很正常。

自己比對方小兩歲，本來就沒有希望，今天能意外地和瑛子四目交會已經令他非常感激了。

彬夫意識到瑛子不認識他之後，雖然心中有些失落，但也因此變得更大膽。

不知道大竹小姐都讀哪些書？稍微看一下吧。

他懷著這個心思，繼續悄悄跟在她後面。

彬夫平時都是看著瑛子騎腳踏車經過，今天難得可以看到她纖細的雙腿走路的模樣，這種新鮮感令他不由得心跳加速。

好纖細啊……頭髮也好柔順，真漂亮。

瑛子停下了腳步，動作優雅地慢慢翻開平放在書櫃下層的輕薄書本。

彬夫鼓起最大的勇氣，走到瑛子的身邊，隨便拿起一本書假裝閱讀。

當然，他的注意力全都放在身邊的瑛子身上，連自己當時拿了什麼書都不記得。

他本來就沒有閱讀的習慣，也沒有選書的知識，當然也不在意拿到了什麼書。雖然他的目光在文字上掃過，但一個字都沒有讀進去。

靠近瑛子的那邊耳朵和臉頰熱到幾乎要燒起來。

書一頁都沒有翻。

他死命地滾動著眼球，眼角餘光偷偷瞄著瑛子，看到平時總是迅速掠過的側臉就在自己身邊。

有著細細汗毛的白皙臉龐，纖細的脖子，低垂的長睫毛，高雅又有女人味的鼻梁，櫻桃色的嘴唇。

這些部位同時竄進彬夫的眼中，連瑛子身上的沐浴乳香味都飄了過來，令他心臟狂跳不已，不只是臉頰和耳朵，連腦袋都燙到幾乎冒煙。

因為心臟跳得太激烈，他甚至擔心自己的心跳聲會被瑛子聽見。

我的呼吸會不會粗重得像野獸一樣？

我剛參加完社團活動，會不會滿身汗臭？

我的手腳是否丟臉地發抖？

擔心的事情越多，彬夫越想從瑛子的身邊逃開，但他又很想留在她身邊。就這樣不斷地天人交戰，腦袋像遊樂園的咖啡杯一樣轉個不停。

快要喘不過氣了。

但又好幸福。

直到瑛子闔起書本，拿著書走到櫃檯前，彬夫的幸福一直持續著。

——喔！是《野菊之墓》啊！真不錯，這本書很適合高中女生呢。

櫃檯的方向傳來那位熱情店員的聲音……

《野菊之墓》……？

彬夫聽到瑛子看的那本書的名稱，接著望向那堆平放的書本，看到了相同名稱的書。

他把手上那本一頁都沒翻的書放回書櫃，從平放的書堆中拿起一本《野菊之墓》，毫不遲疑地走向櫃檯。

店員看到一連有兩個人買了同樣的書，似乎明白了什麼。

——喔……嗯，真是青春啊。

聽到店員笑瞇瞇地這麼說，彬夫才意識到自己的魯莽，不禁又紅了臉。可是他已經把書拿到櫃檯了，而且他一接過包上書套的書，就想起瑛子的側臉，心中感到一陣甜蜜。

彬夫走出書店時，已經看不到瑛子的身影了，但他緊抱在胸前的書本之下的心臟還是撲通撲通地跳個不停。

回家以後，他就立刻開始看《野菊之墓》。

主角政夫對遠房表姊民子懷著愛慕之心，而民子也喜歡政夫，雖然他們是兩情相悅，但兩人的感情卻因民子比較年長及一些家庭因素而受到阻礙。

令彬夫最訝異的是，政夫十五歲，民子十七歲，跟他和瑛子的年齡正好一樣。

這或許只是巧合，卻讓他對故事更有認同感。

村裡的人動不動就批評民子比政夫大兩歲的事，所以政夫向民子提議要疏遠一點。彬夫非常能體會政夫的心情，難過得全身都糾結起來。

民子的可愛動人也令他不禁想起瑛子，為此心跳加速。

『我好像是野菊花投胎的，一看到野菊花就會歡喜得發抖呢。』

『民姊這麼喜愛野菊花……難怪民姊自己也很像野菊花。』

『政夫……我哪裡像野菊花呢？』

『我也說不上來，只是覺得民姊就像野菊花一樣。』

『可是你又說你喜歡野菊花……』

『嗯，我最喜歡野菊花了。』

兩人的對話讓彬夫看得胸口發燙。

他從來不曾看書看得這麼入迷，這也是他第一次感到這本書簡直就像為自己寫的。

彬夫和瑛子在那之後也沒有交談過，甚至沒再對望過，但他每天早上和騎著腳踏車的瑛子擦身而過時，都會想起在幸本書店發生的奇蹟，暗自感到陶醉。

那一天，在那圍繞著書本的地方，他確實度過了一段幸福的時光。

既難忘，又寶貴。

令人小鹿亂撞。

鮮豔的、閃爍的、酸甜的回憶。

聽說瑛子畢業後就去京都讀大學了。

彬夫兩年後也從高中畢業，考上了東京的大學，之後他留在東京工作，也結婚了，在妻子撒手而去之後，他一直保持單身。

他沒有孩子，如今已經年過半百還是一個人住。只要習慣的話，在都市裡一個人住也挺舒適的。

偶爾感到寂寞的時候，他就會拿出《野菊之墓》來讀。

他和亡妻是經由上司介紹而相親結婚，彼此之間是有愛情的。

不過，他認為自己打從心底深愛過的就只有高中一年級遇到的那個人。

『每逢農曆九月十三，往事便重上心頭。儘管當時年幼，卻始終無法忘懷。』

『事情已過了十餘年，許多細節不復記憶，唯有心境仍清晰如昨日，每當思及當年，往日心境又再浮現，令我不禁淚如泉湧。』

『昔日之事既悲且喜，令人難忘，但回思再三，反而如夢似幻。』

和十幾歲的時候相比，五十多歲的彬夫更能體會小說開頭這段獨白的意境。

即使經過四十年，他的心中依然鮮明地殘留著在幸本書店裡和瑛子並肩而立的記憶，他本以為那個幸福的地方會永遠存在。

有一天他打電話給和長兄嫂同住在故鄉的父母……

──對了，幸本書店的第三代老闆過世了，書店也要關門了。那可是鎮上最後一間書店呢。

聽到這句話，彬夫非常震驚。

幸本書店要關門了？

他和她回憶的場所要消失了？

──反正你從以前就很少看書，跟你應該沒關係吧。

母親的這句話完全沒有傳進他的耳中。

他上網搜尋幸本書店，真的看到了關店的消息，還有當地居民感嘆鎮上最後一間書店即將消失的發言。

已經離開小鎮的人也對幸本書店關門的事大感驚訝，有很多人都說本來以為幸本書店會一直在鎮上開著。

在三月底關店前，還會營業一個星期。

書店的網站寫著，到時會請客人帶來回憶中的書一起拍照留念，並且請客人把和書本相關的回憶寫在看板上。

幸本書店真的要消失了！

彬夫實在坐立難安，於是請了假，回到故鄉。

父母和哥哥聽到他是為了幸本書店閉幕活動而回來的都非常訝異，因為他就像母親說的一樣，跟書店完全扯不上關係。

彬夫向哥哥他們隨便找了個藉口，就把泛黃破爛的《野菊之墓》放在外套口袋中，前往睽違四十年的幸本書店。

雖然已經接近三月底，但東北地區的冬天比東京更漫長，也更寒冷，即使戴著厚厚的手套還是很冷，呼出的氣都變成了白煙。

他已經忘了要怎麼在雪地行走，好幾次差點滑倒，一邊感慨著「我也上了年紀哪，和每天在劍道社鍛鍊的那個時候已經不同了……」，好不容易才到達這棟夾在住商混合大樓中間的三層樓狹長建築。

看到寫著店名「幸本書店」的玻璃門，彬夫彷彿跨越了四十年的時光，再次看到綁馬尾的少女停下腳踏車走進店裡的幻影，不禁按著胸口呆若木雞。

他和當年一樣心胸顫動地開門走進去。

「歡迎光臨！」

在一樓櫃檯熱情打招呼的是戴著一副大眼鏡、身穿書店圍裙的男孩子，他那頭柔順的黑髮微微翹起，大概是打工的高中生吧。

男孩興奮地談論起閉幕活動的模樣，令彬夫想起了熱情的第二代店長。

他還很年輕的時候就因為急病而過世了。

而他繼承書店的兒子也因為不幸的意外事故而喪命。

鎮上最後一間書店就快要結束營業了。

門口附近的擺設是珍稀的書本，以及來訪名人的簽名書。

其中最顯眼的是二十年前的暢銷書《彼山書店的葬禮》，就連很少看書的彬夫都聽過這本書和內容。作者田母神港一是本地人，他老家也有一本簽名書。

原來這麼有名的人在這裡辦過簽名會啊……

當時一定非常熱鬧吧……

那時人們都會看書、談論書，是書店最閃耀的時代。

對彬夫來說也一樣。

那是他還會心情雀躍、臉頰發燙、體內湧起熾熱情感的青春時代。

當時的他既不成熟又笨拙。

如果是現在的他，能不能對瑛子做出更明智的行動呢……

他聽說瑛子大學畢業之後，在京都結婚了。

如今再去想像「假如怎樣怎樣」一點意義都沒有。

這個念頭令他不禁苦笑。眼鏡少年說明了看板該怎麼寫之後，問道：

「請問您今天帶來了什麼書？」

彬夫有點靦腆地從口袋中拿出《野菊之墓》。

「這不像是大叔會看的書，不過我四十年前也是年輕過的。」

少年微微睜大了鏡片下的眼睛。

他盯著封面的菊花，表情看起來像是在傾聽。

怎麼了？

看到五十多歲的大叔珍惜地收藏著《野菊之墓》，讓他覺得很噁心嗎？

彬夫正在後悔把書拿出來時，少年靈活地轉動著大眼睛，從櫃檯後方眼睛發亮地看著他。

「這位客人，請問您是不是參加過劍道社？」

「咦？呃，是啊……高中的時候。」

他為什麼問我這種問題？而且他怎麼會知道我參加過劍道社？

少年的表情變得更明亮了。

「果然！」

他開心地喊道。

「謝謝你一次次地反覆閱讀這本書，把書都翻得破破爛爛了！書也覺得很高興喔！」

少年向彬夫深深地鞠躬致謝，彷彿他是書的朋友。

「所以這一定是書的報恩。我們已經等您很久了，請跟我過來！」

少年從櫃檯裡走出來，一副隨時準備拔腿狂奔的焦急模樣，令彬夫不禁愕然。

什麼？到底是怎麼回事？

「等一下，榎木！」

櫃檯裡的另一位女店員訝異地大喊。

「對不起，圓谷小姐！這本書說『不能再等了』！我先離開一下！」

少年燦爛地笑著，對那位姓圓谷、長相聰明的女店員說道。

彬夫一頭霧水地跟在少年身後。

有人在等我？

書的報恩？

完全聽不懂。這是什麼意思？

「你到底是……」

你到底是誰？彬夫還沒說完，少年就回過頭來，鏡片下的眼睛開心地發亮，回答道：

「我是書本之友！」

彬夫一聽就更困惑了，那位矮小的眼鏡店員搖晃著翹起的黑髮、甩動著印有店名的圍裙，急匆匆地向前走。他在一樓的書籍區通道筆直前進，然後轉彎，接著又轉彎。

在文庫本的那一區有一張桌子，是讓客人寫看板用的。

此時正好有位苗條的女性彎著身子在寫看板。彬夫一看見她的側臉，差點當場停止心跳。

即使過了四十年，他還是一眼就認出來了。

那低垂的眼簾、纖細的脖頸、線條高雅的鼻梁和嘴巴，都還殘留著過去的影子。

即使過了四十年，她依然像一朵清純的花。

大竹瑛子！騎腳踏車的女孩！

彬夫握緊了手中的《野菊之墓》。

戴眼鏡的店員開心地叫著她：

「大竹女士！」

瑛子抬起頭來，看著彬夫。

就像四十年前一樣，彬夫和瑛子四目交會。

當時瑛子很快就轉開了視線，此時的她卻睜大眼睛，持續地注視著彬夫。

她白皙的手摀住嘴巴，表情像是看到了什麼令她不敢置信的事。

彬夫的手上拿著泛黃破爛的《野菊之墓》文庫本。

瑛子看到那本書，眼睛睜得更大，像是強忍感情似地咬住嘴脣，拿起放在桌上的書，把封面朝向彬夫。

是《野菊之墓》！

和彬夫手中的那本一樣的尺寸，一樣的封面，一樣的書，也一樣翻得破爛而發黃。

彬夫手上的《野菊之墓》和瑛子手上的《野菊之墓》彷彿強力地互相吸引，彬夫恍惚地從眼鏡店員的身邊經過，朝瑛子走去。

瑛子也一樣走向彬夫。

這是第一次……

五十六歲的彬夫和五十八歲的瑛子第一次面對面地交談了。

◇　◇　◇

「所以那兩個人一直都愛著彼此囉？」

追著結跑過來的水海看到一對五十多歲的男女，站在文庫區的桌子前害羞地說話，不禁愕然，之後聽結敘述了事情經過，眼睛就睜得更大了。

大概三十分鐘之前，有一位似有隱情的美女帶著《野菊之墓》來到書店，在結的詢問之下說出：

——這是我高中時代和喜歡的人之間的回憶之書。

水海也聽見了她一臉害羞說出的話。

——我早上騎車上學經常在路上和他擦身而過。他參加了劍道社，總是背著防具的袋子，看起來好威風，我經過的時候都會心跳加速。

——袋子上寫了他的名字和班級，我發現他比我小兩歲之後，就努力地藏起自己的心情不讓他發現。那個時代跟現在不一樣，女大男小是很難被接受的。

然後她很開心地提起了有一次在幸本書店遇見他的事。

她走進書店以後，他也走了進來，一直站在她的身旁看書。

——其實那天我本來是要去三樓買漫畫的，但是一想到他在旁邊，我就想要裝氣質，所以去了平時不會去的文庫區，拿起這本《野菊之墓》。

——政夫和民子也是女生大男生兩歲，就像我們一樣。我雖然知道故事內容，但那天是我第一次認真地讀這本書……他們兩人的相處情況讓我看得心中酸酸甜甜的。

——我看了一遍又一遍，最後總是會難過地流淚。

——如果民子和政夫是同年齡，是不是就能在一起了呢……

她結過一次婚，但一直沒有孩子，十年前離婚了，如今在東京經營美甲沙龍。直到現在，她一讀《野菊之墓》就會想起發生在幸本書店的甜蜜奇蹟，為此心跳不已。

——那個男生早就結婚了，或許連孩子也生了。但我還是有想像的自由。

說完以後，她露出了優雅的笑容。

結覺得很有趣地說：

「對了，瑛子女士手上的書是『政夫』，而彬夫先生手上的書是『民子』呢。」

她的書是「政夫」。

他的書是「民子」。

兩人都非常珍惜自己的那本《野菊之墓》。

「就算內容相同，每本書還是會有各自不同的性格，而瑛子女士和彬夫先生的情況可能是思念對方的心情影響了書本，才讓書本變成了『民子』和『政夫』吧。他們兩人會在幸本書店重逢，一定是必然的結果。」

結帶著開朗的笑容如此斷言。

說什麼書有自己的個性，能聽見書本的聲音，誰會相信嘛。結一副理所當然地說出這些話，讓水海感到很不舒服。

可是，看到在幸本書店買了同一本書的兩個人在一起了，水海也很開心……

書本互相吸引，互相呼喚。

如果真的有這種事，或許也不錯吧。

——我認為書本能夠締結人與人的關係。

店長也曾經這樣對水海說過。在那間灰色的辦公室裡，他泡著有花香的茶，一邊平靜而溫柔地說。

——因為看了同一本書而產生認同感，變得親密起來。因為書本而有了對話的契機……或者是把自己特別的、珍惜的書送給某人……

——因書本而讓人與人的心連結得更緊密，真是太棒了。

如果店長現在也在這裡，一定會開心地露出微笑吧……

「聽到他們不斷深情地呼喊著『民姊』、『政夫』，我都覺得感動了。以前的戀愛小說真是太純情、太可愛了。」

彷彿是自己的戀愛開花結果似的，結一臉幸福地瞇起鏡片下的眼睛。

他這副模樣真的和店長有點像……

——我是書本之友。

因為結開朗說出的這句話就像是店長會有的語氣、店長會說的話，水海聽得心都揪起來了……

這時結突然嚇了一跳。

「咦！不、不是啦，我沒有劈腿啦，夜長姬。」

他慌張地從圍裙口袋拿出一本淡藍色封面的薄書，緊張地解釋。

「真的啦！我只是覺得那樣很可愛，不是說我自己戀愛了啦……妳也知道嘛，我喜歡的類型就只有夜長姬這一型，比起樸素的野菊花，我更喜歡令人畏懼又膽寒的夾竹桃……啊，我不是說妳有毒啦……我真的很愛妳，不要詛咒我啦！」

一旁的水海露出受不了的表情。

唉，我果然還是無法接受。

把書當成女友來對話，實在太詭異了。

雖然如此，結驚慌地轉著眼珠、滿頭大汗地向「女友」道歉的樣子實在太滑稽，讓水海忍不住露出微笑。很輕很輕的微笑。

第二章

《海鷗》的驕傲

二十年前的秋天，明日香在幸本書店排隊參加了暢銷作家的簽名會。

當時明日香還是高二生，她到現在都還記得，當她聽到田母神港一在大都市裡功成名就凱旋歸來時，興奮得飄飄然的事。

當時的明日香立志成為演員。

雖然她只有在東北地區小鎮的高中話劇社參加演出，但她夢想著畢業後就要去東京參加試鏡，成為大明星。

她最迷人的地方是明亮的大眼睛和豐滿的嘴唇，在國中時代就有不少高中生向她搭訕。到了高中以後，開始有大學生或社會人士來搭訕，但她沒有答應和任何人交往。

她年輕又漂亮，而且才華洋溢，應該有很高的身價。

所以她不想委屈自己和小鎮裡的平凡男人在一起。

能配得上她的是有錢有地位、又有影響力的優秀男性，她要藉著這種人的力量站在舞臺中央，成為閃亮的女明星。

明日香是真心這樣想的，她也相信自己做得到。

為了改掉小鎮特有的口音，她努力模仿電視上年輕藝人的說話方式，勤加保養皮膚和頭髮，還去上舞蹈課以維持身材和鍛鍊體力。

所以當她聽到田母神港一要在幸本書店辦簽名會時，就認為機會還沒等她畢業就已經到來了。

田母神比明日香大十三歲，但是從報章雜誌訪問的照片看來，他襯得起身上的時髦西裝，輪廓深邃，又有雙眼皮，充滿了有地位男性的自信和魅力。

他原本在故鄉當公務員，二十八歲時寫文章投稿贏得出版社的新人獎，因此成了小說家。

他的出道作《彼山書店的葬禮》描寫經常下雪的鄉下小鎮僅有的一間書店即將關門，各式各樣的客人在最後一天到來，是一個溫馨有趣又感人的故事。

那本小說非常暢銷，還有知名的男女演員演出改編電影，電影的票房也非常好。他的新書也要改編連續劇了，他成了當今最炙手可熱的作家。

他長得帥、會說話，又經常登上媒體，想必有管道又有影響力。

如果她得到田母神的欣賞，他的小說要改編成影視作品時，說不定會推薦她參加演出。

她滿腦子都是粉紅色的未來，簽名會當天，她花了整整三個小時梳妝打扮。

首先在浴室裡細心洗淨頭髮和身體，化上自然的妝容，頭髮披垂在肩上，最後穿上高中制服。

她的制服不像都市女學生的制服那麼漂亮，只是普通又無趣的水手服，但是沒有任何衣服比水手服更能彰顯青春氣息。

她緊張得心臟怦怦跳，來到車站附近的狹長三層樓書店，卻發現門外大排長龍。

來晚了！

她太小看田母神的名氣了。

明日香急忙在一樓買了田母神的新書才去排隊。

她不選最紅的《彼山書店的葬禮》而是選擇新書，其實是為了凸顯出自己和其他的讀者不一樣。

他聽《彼山書店的葬禮》的感想一定聽膩了，聽得很煩了。作家聽到讀者說「我買了您的新書，非常好看！」絕對會更開心的。

要不然也可以說「《彼山書店的葬禮》很好看，但新書更讓我感動」。

每個排隊的人都拿著《彼山書店的葬禮》，明日香見狀就暗自竊喜。

看吧，我就知道。

我跟你們才不一樣。

她滿心期待地等了兩個小時左右。

在等候期間，戴著眼鏡、態度溫和的店長和一位像是他太太的溫柔可愛女性走出來，把裝在紙杯裡的飲料和巧克力發給排隊的客人。

——感謝大家今天來到本店，讓各位久等真是抱歉。如果各位願意，可以一邊看手邊的田母神先生作品一邊等，看著如此精采的書，時間很快就會過去了。

店長柔和地瞇起鏡片下的眼睛說道，店長太太在一旁捧著裝滿單顆包裝巧克力的籃子，笑瞇瞇地說著「請用」。

就這樣，明日香終於走到田母神港一的面前。

和報導裡的照片一樣！

那是他的照片，當然一模一樣，但明日香還是為此感到非常興奮。田母神本人一樣是輪廓深邃，雙眼皮，穿著貌似義大利名牌的西裝，充滿了自信和魅力。

那就是出身於東北地區的小鎮、在都市功成名就的人。

明日香心中的鼓動越來越強，彷彿全身都變成了心臟。

她遞出書本時……

——喔？是新書呢。

田母神稍微睜大眼睛，微笑著說道。看到他的反應，明日香很慶幸自己買了新書。

田母神抬起頭來看著明日香，眼神中滿是好感。他的眼中透露出對明日香年輕美貌的讚賞，充滿男人味的嘴脣漾開笑容。

——妳是高中生？幾年級？

——二年級，十七歲。

她極力避免表現出勾引的態度，笑得青澀又害羞。但又要盡量開朗，不能太內向。昨天她在鏡子前練習了很久，所以她相信自己一定展現了完美的笑容。證據就是田母神瞇起眼睛，彷彿看到某種耀眼的東西。

——十七歲啊……真年輕。

——老師也很年輕啊，而且……比照片上看起來更帥。

——啊哈哈，竟然能被女高中生稱讚。謝謝妳，來辦簽名會真是太好了。這次的新書對高中生來說比較艱澀，妳讀讀看吧。

——是！那個……我讀完以後可以向您報告感想嗎？

——當然，我很期待……喔，妳叫明日香啊。飛鳥時代的飛鳥。真是個好名字。（註2）

要請作家簽的名字會事先寫在紙上。田母神看著那張紙說道。

——謝謝您。我也認為自己的名字代表飛翔的鳥兒，所以我很開心！

小學時在班上只有她的名字是片假名，她不喜歡這樣，就自己查了漢字。飛翔她說的是實話。

註2 西元五九二年至七一〇年是飛鳥時代，名稱取自奈良城明日香村的遺址，「明日香」的漢字也寫作「飛鳥」。

的鳥兒感覺很酷，所以她把自己的名字視為「飛鳥」。

後來自我介紹或寫名字的時候，她都會默默在心中想著「我是飛翔的鳥兒」。

她從來沒對任何人說過這件事。

這不是在演戲，明日香是真心受到了感動。她的臉頰、眼睛和嘴脣都自然地流露笑意。

看到她這副神態，田母神的表情又變了，他的眼神彷彿感到很意外，不知為何還有一點悲傷。

但那悲傷很快就消散了。

致菅野飛鳥小姐

田母神港一

田母神熟稔地在封面內側寫字。看到他用漢字寫了「飛鳥」，明日香的臉頰立刻熱了起來。

——謝謝您！我會把這本書當成寶物的！

她把書緊抱在胸前，道謝之後就走了。

感覺頗有成效。

所以明日香想要進一步地挑戰。

簽名會結束後，她在書店後門等待田母神出來。

也就是所謂的「站崗」。

有些人很討厭這種事，如果田母神也是這樣，反而會讓他對她的印象變差。

但是從田母神在簽名會上的態度來看，她覺得自己有勝算。田母神看著她的眼神明顯帶有興趣和好感。

現在雖是秋天，不過入夜之後氣溫逐漸降低，只穿水手服真的很冷。

她遲遲等不到田母神出來，說不定他早就離開了。

她雙手冰涼地環抱自己的身子，吸著鼻水，正覺得失落時……

門打開了，穿著風衣的田母神走了出來。

他站在門邊和那位戴眼鏡、氣質溫和的店長說話。

——港一，今天真是非常感謝你，客人也都很高興。請你一定要再來喔。

——……嗯嗯，我也很高興啊，笑門……彌生子她……看起來也很好，那我就放心了。

——下次多留些時間吧，我太太很想親自下廚招待你。我們也可以去辦公室，我很想像以前一樣跟你暢談一整晚。

——……我已經不年輕了，不知道還能不能撐一整晚……不過我很期待彌生子的料理。

——好，我會幫你轉達的。田母神先生……我會再聯絡你的。

——我忙著寫稿時可能沒辦法接電話，用電子郵件或傳真會比較好。

——好的，那我就用電子郵件。

笑著聊完之後，田母神轉身離開，店長溫和地瞇起眼睛目送他。

明日香偷偷跟在田母神的身後。

一定要在他到達車站之前開口叫他。
走出這條路之後，人就會變多了。
機會只有現在。

——田母神先生！

田母神轉過頭來，明日香一看見他的表情就像被潑了一盆冷水，頓時感到很後悔。

因為田母神的表情非常陰沉。
他臉孔扭曲，咬緊牙關，好像非常痛苦。
眼神中充滿激烈的憤怒和苦澀，像是要找尋發洩之處似地閃閃發亮。
此時的他和簽名會上的他判若兩人！
這種悲憤的感覺，好像正準備去殺人似的。
他和她白天見到的田母神真的是同一個人嗎？

——那、那個……我……一開始看您的新書……就停不下來……因為太精采了……我……很想立刻向您報告感想……所以……

明日香的聲音和雙腳都在發抖。

好可怕！

好想逃走！

她現在的表情一定像遇見大野狼的愚蠢小白兔一樣可憐兮兮。

田母神似乎發現明日香就是簽名會上的那個女高中生，眼中的寒光消失了。

但他的神情還是一樣疲憊而苦澀。

——喔喔……是妳啊。妳一直在等我嗎？外面很冷吧？

他問道。

——不、不會，沒事的。我一邊讀著您的書，時間很快就過去了。

她借用了眼鏡店長說過的話，田母神一聽就皺起眉頭，露出苦澀的表情。接著

他露出微笑，把手伸向明日香的臉。

她感覺那隻手好像會把她的臉抓碎，忍不住繃緊身體。

——哎呀，果然很冷。

那溫熱的手貼上了明日香的右臉。

他目光陰沉地望著明日香。

好可怕。

好可怕！

——沒……沒事的。

她好不容易才擠出這句話。

田母神突然露出溫柔的眼神，語氣平靜：

——妳真像《海鷗》的妮娜。

——海鷗……？

——那是契訶夫的戲劇。妮娜是想要成為演員的女主角。

演員！

她因田母神的溫和語氣而逐漸放鬆的心臟又突然繃緊。

田母神似乎看穿了明日香這些行為背後的目的。

說不定已經有很多想要利用名人影響力的女性接近過他了，就像明日香一樣。

啊啊，一定是這樣。

我真是太愚蠢了。

他一定很看不起我，覺得我是個心機深沉又輕浮的女人。

——如果妳是妮娜，我應該就是把妮娜帶到都市的作家特里戈林吧。

明日香嚮往都市生活、想要離開這個小鎮的心思全被他看穿了。

可是她沒有就此放棄。

她不知道特里戈林是怎樣的人，也不知道妮娜後來怎麼了。

但是……

——妳怎麼決定？我或許會讓妳毀滅喔。

田母神凝視著明日香，臉上的表情又蒙上了陰影，笑意從他的嘴邊消失，瞇起的眼睛隱約帶著一股悲傷。

為什麼他的表情這麼難過呢？簡直就像看透了我的未來，對我感到憐憫似的。

明日香鼓起勇氣回答：

——不要緊。

◇　◇　◇

「……在那之後已經過了二十年呢。」

三十六歲的明日香呆呆望著白雪覆蓋的田野從電車外面掠過，一邊喃喃說道。

她十七歲時和田母神度過一夜，十八歲就高中輟學，在東京的公寓裡和田母神同居。

那段生活只持續了三年。

不，或許應該說長達三年。

考慮到她也有可能在一夜情之後就被甩掉，其實田母神已經對她仁至義盡了。

因為田母神的關說，她進了演藝經紀公司，還在連續劇和舞臺劇演出了一些小角色。

和田母神分手後，她離開了經紀公司，成了自由身，現在在一個小劇團當演員。

演出地點不是豪華的大劇場，而是讓觀眾坐塑膠椅的地下劇場。

光靠這些收入當然沒辦法填飽肚子，所以她有時也會去酒店陪酒，但是她已經不年輕了，也不知道還能再做多久。

她的營業額越來越差。

「就像《海鷗》的妮娜……」

她現在還是經常重讀那本薄薄的契訶夫戲劇合集。

嚮往當演員的妮娜愛上了來到村子裡、年齡大得幾乎能當她父親的特里戈林，跟他一起去了都市。

但她沒有如夢想中一樣獲得成功，特里戈林也和前女友復合了。

為演員之夢持續努力的妮娜有一次偷偷跑回故鄉，去看了自己在少女時代曾經登上的粗糙舞臺。

和明日香現在的情況一模一樣。

聽說自己和田母神相遇的幸本書店要關門了，她希望能在留下各種回憶的地方消失之前回去看看。她把《海鷗》的文庫本和少量行李放進包包，就搭上回鄉的電車。

電車比新幹線便宜，只是要花更多時間。搭新幹線只要一個小時，搭電車的話，加上換車和等車得花四個小時。

她在車上無所事事地發呆，發現自己的心中逐漸被過去的種種回憶給塞滿了。窗外的景色越來越冷清，隨著氣溫下降，乘客也漸漸減少，此時車廂裡只剩明日香一人。

她啞聲念起已經背得滾瓜爛熟的妮娜臺詞。

『為了得到成為作家或演員的幸福，就算被周圍的人嫌棄，就算貧窮，就算幻滅，我也忍受得了。』

『我願意住在閣樓裡，只吃黑麵包，為了對自己不滿、感覺自己不夠成熟而痛苦。』

『但我必須得到名聲……真正顯赫的名聲。』

和田母神分手後，她住進了位於東京最邊緣、屋齡三十年、只有三坪大的公寓，不時就會吟誦這段臺詞。

現在是忍耐的時候。

沒問題的，我還年輕得很。

我現在才二十一歲。

今後我一定能獲得名聲。

為什麼我會對自己的未來這麼有信心呢……

為什麼我會認為自己是特別的、被選中的人呢……

直到三十六歲，明日香依然是個不紅的小演員。

車窗外的景象漸漸變成厚重的灰色，她的心也漸漸下墜，變得沉重又黑暗。覆蓋著白雪的山林和田地，在東京不可能看見的風景……這比鄉愁更令明日香感到心痛。

她覺得自己好像被掩埋在冰冷沉重的雪裡，手腳就要逐漸變硬，牢牢地凍住。

電車停了，車門開啟，刺骨的冷風吹了進來。

有一群穿制服的女孩上了車。現在大概是放學時間吧。寂靜的車廂突然變得很吵鬧，令明日香鬆了一口氣。

因為她若是孤單一人，一定會越來越低潮。

她並不討厭喧譁的人聲。

待在人群之中會讓她比較安心。

女孩們愉快地聊著社團和戀愛的話題，她們具有東京女孩沒有的獨特口音，尾音拖得很長。明日香心想，喔喔……我真的回到故鄉了。

在學生時代，明日香身邊的女孩也都有這種口音，她認為自己一點口音也沒有。

但是進入東京的演藝經紀公司以後，對方劈頭就對她說：

——妳有口音喔，最好矯正一下。還是妳打算以後都演有口音的角色？這樣妳的戲路會受限，走綜藝路線倒是可以當成賣點。

她本來覺得自己不像其他女孩有口音，所以聽到這話非常震驚。

現在的她已經沒有鄉下口音了。

但是如今車廂中只有她一個人說標準口音並沒有讓她覺得自己與眾不同，反而更感到寂寞。

我已經不是這裡的人了。

她偶爾回故鄉時都會覺得格格不入，所以即使東京沒有任何開心的事等著她，她還是很想快點回東京。

體驗過幾次這種心情之後，她連故鄉都不太想回來了。

最後一次回來是什麼時候呢？

……對了，是震災之後。

九年前。

明日香二十六歲的時候，東北地區發生了大地震。

她在東京的公寓裡一直盯著剛買的超薄液晶電視播放的新聞。看到建築物倒塌，漆黑的海嘯吞噬一切的畫面，她表情僵硬，屏住呼吸，簡直不敢相信。

她故鄉的災情不算太嚴重，電力和瓦斯很快就恢復了。

即使如此，震災隔月她回鄉探訪時，還是一再看到龜裂的牆壁和堆積如山的瓦礫。到處都殘留著震災的痕跡，她每次看見都覺得胸口緊縮，呼吸困難。

連鎮上最大的一條路都有很多店關著門，看到這幅景象，她不禁感到害怕，覺得這個小鎮好像死透了。

回到東京以後，故鄉親友的來信總會提到哪間店關門了、哪間學校不在了，她每次看到都覺得很難過。

電車終於抵達家鄉的車站。

她還沒搭公車回老家，就先去了幸本書店。

從車站走到幸本書店只要三分鐘，但那裡是大馬路的反方向。在明日香讀高中的時候，這一帶的行人還不少，頗為熱鬧，如今卻變得冷冷清清。或許也因為現在是平日的傍晚吧……但人真的太少了，店家也死氣沉沉的。

感覺整條路都逐漸地衰敗。

另一邊的大馬路也是這個樣子嗎……若是如此，她的故鄉可能也正在衰敗中吧。

幸本書店關閉彷彿就是一個徵兆。

震災之後，鎮上的五間書店陸續關門了，只有幸本書店存活下來，成了鎮上最後一間書店。

這件事成了明日香心靈的支柱。

那是十七歲的她對自己的未來自信到近乎傲慢、懷抱著閃亮夢想的時代。她在簽名會上被田母神稱讚「喔，妳叫明日香啊。飛鳥時代的飛鳥。真是個好名字」而深受感動的地方、他為明日香的年輕美貌而眩目似地瞇起眼睛的地方依然存在。

如今那個地方就快要消失了。

明日香懷著鬱悶的心情走在積雪的路上。

在東京不需要穿雪靴，所以她沒有買。穿運動鞋走雪地很滑，沒辦法走得太快。

她高中的時候就算在凍得硬邦邦的路上騎腳踏車上學也毫不在意，如今卻連走路都走得提心吊膽。離車站三分鐘的路程感覺好遙遠，好不容易到達寫著「幸本書店」的門前，看到三層樓的狹長建築物還在那裡，令她安心了一點。

真的再過四天就要關閉了嗎……

她伸手想要開門，卻在半途停住，因為她想到田母神說不定也會來。

對田母神來說，幸本書店是曾經辦過簽名會的家鄉書店。

而且閉幕活動的內容是帶來回憶中的書本，以及在看板寫下對那本書的介紹，這些都和田母神的代表作《彼山書店的葬禮》的情節如出一轍。

不只如此，就連已經過世的店長和田母神也是好友，兩人的年齡差不多。田母神對那位戴眼鏡、氣質溫和的店長都直呼其名「笑門」。

笑門的孩子出生時，明日香正在和田母神同居，所以她也陪他去買賀禮了。在百貨公司挑選嬰兒衣服時，田母神露出了陰沉的表情，態度非常奇怪。

他打電話向笑門祝賀時也一樣，說話很不流暢，掛斷電話以後還露出了非常凝重的眼神。

明日香說「真想去看看笑門先生的孩子」，他只是表情僵硬地回答「截稿日快到了，沒辦法」。

他和笑門之間或許有什麼過節吧。

即使如此，幸本書店和那位店長必定是田母神難以忘懷的重要存在，譬如在酒醉的時候，他還會流露悲傷，談起他們的往事。

好比說，他和笑門經常在幸本書店的辦公室裡徹夜談書。

店長太太彌生子會為他們送飯來，一邊抱怨著「在家裡聊就好了嘛」。

——辦公室的牆上……掛著一幅畫。主題是被棄置在海邊的巨大鳥骨頭……聽說是笑門的父親畫的。

——他的名字是兼定……個性開朗，長相帥氣，又很會畫畫，書籍朗讀也讀得很好。笑門說，如果他不經營書店，說不定會成為畫家或演員……

——他很早就生病去世了，那幅畫的標題是「滅亡」，他自己或許事先就有預感了……那幅畫不知是不是還掛在辦公室的同一個位置……

田母神用仰慕而懷念的語氣說著，但表情又漸漸變得陰暗。他在這種時候都會喃喃地念出《海鷗》的一段臺詞……

——『人類、獅子、老鷹、岩雷鳥……』

——『所有的生命，所有活的東西，都會依照可悲的循環而消逝。』

——『地球上已有幾千個世紀沒有任何活物，只有那可憐的月亮空虛地點起明燈。』

他的聲音低沉，彷彿很悲傷、很痛苦……

有時甚至眼角含淚。

明日香和田母神一起生活三年，始終不知道他藏在心底的祕密。

她不知道他的期望是什麼。

她也不知道他為何會接受她。她甚至不知道他愛不愛她。

田母神從不在她面前顯露真心，她總是得猜測他在想什麼，令她精疲力竭，最後就分手了。

之後她還是一直耿耿於懷。

即使分手了，她依舊會思索田母神的心情。

她直到現在還是有很多事情搞不清楚，但她看得出來，田母神想要逃避幸本書店和笑門，卻又渴望回到那裡。

所以，她覺得田母神多半會來。

她很可能會遇見田母神。

這種事……不是回來之前就知道了嗎……

明日香自嘲地想著，我何必現在又突然介意。

她聽到幸本書店在關閉之前會再營業一週時，第一個想到的就是她或許能在那裡遇見田母神。

好想見到田母神。

可是我現在不是十七歲，而是三十六歲，我沒辦法再吸引他了。
我死都不想被他當成年老色衰的無趣女人。
真不想見到他！

這兩個念頭在她的心底持續地交戰。
想見他。
害怕見到他，不想見他。

現在見面又能怎樣？
田母神不可能幫她改變這悲慘的現狀，她自己也不期待這種事。
再說，田母神已經不是那麼有影響力的作家了。
既然如此，她為什麼還是這麼想見他呢？

後面又來了其他客人，繼續站在門前會擋到人家。明日香只得開門走進店裡。

「歡迎光臨！」

一樓櫃檯有個戴眼鏡的少年開朗地打招呼，他柔順黑髮的末梢翹翹的。

「這位客人，您今天帶來了什麼書呢？那邊可以拍照、寫看板，請您務必要參加。」

他的聲音聽來讓人很舒服，他活潑地說完，隨即露出訝異的表情。

「咦？什麼……」

他眨了眨鏡片下的眼睛，一副不確定的表情，像是在傾聽什麼，然後思索了幾秒鐘，最後露出笑容說：

「不好意思，我總覺得好像在哪裡見過您。」

他這麼說。

「您是不是上過電視呢？」

「……沒有。」

明日香帶著苦笑回答。

就算他真的看過她出現在電視節目裡，頂多也只是扮演清潔工，或是在重現片段裡扮演瞞著丈夫借錢而淪落風塵的家庭主婦。

如果被人發現自己是只能演這種角色的演員，那就太丟臉了。

「是嗎？您長得這麼漂亮，我還以為您一定是演員呢。真對不起。」

少年親切的說話方式和已經過世的笑門有點相似。笑門也戴眼鏡，長相也很和氣溫柔。如果有人說這少年是笑門的兒子，她大概會相信吧。

明日香轉身離開櫃檯時，聽到眼鏡少年在後方說：

「哇，我沒有劈腿啦。剛剛只是因為『大家都騷動不已』。總之我沒有劈腿啦。」

他小聲地不知道在向誰解釋。

或許是他的女友跑來店裡玩，聽到他剛才跟明日香的對話就吃起飛醋吧。

感覺挺可愛的。明日香的心情放鬆了一點。

對了……那個戴眼鏡的少年沒有本地口音呢……

他是從外地來的嗎？

這個想法在明日香的腦海裡並沒有停留太久。

她看到文庫區的書櫃上擺著和她包包裡的《海鷗》一模一樣的書，心中最柔軟的部分彷彿被某種透明的東西貫穿了。

她的心思回到了十七歲。

明日香和田母神度過一夜，拿著有他聯絡方式的名片在車站分離之後，就立刻跑回幸本書店找那本《海鷗》。

她很想知道妮娜是怎樣的人，以及特里戈林是怎麼讓她毀滅的。

——妳真像《海鷗》的妮娜。

——妳怎麼決定？我或許會讓妳毀滅喔。

她找到了和契訶夫其他作品一起擺在書櫃上的《海鷗》，在櫃檯結帳後跑到喧鬧的速食店坐在角落，心跳加速地翻開。

夢想成為演員、既年輕又天真的妮娜在知名作家特里戈林的眼中只不過是一時的玩伴，正好當成短篇故事的題材。

妮娜雖然跟特里戈林去了都市，但是愛情的煩惱和嫉妒令她身心俱疲，也漸漸失去了成為演員的信心。

『我不知道雙手該怎麼放，也不知道在舞臺上該怎麼站，又無法如常控制嗓音，自己都覺得自己演得爛透了，這種心情你是不會理解的。』

妮娜傾訴的對象並不是特里戈林，而是過去跟她很要好、暱稱為科斯佳的青年。

他也是作家，而且他直到今日都還愛著妮娜，但妮娜愛的卻是特里戈林。

十七歲的明日香碰也不碰逐漸變冷的咖啡，專注地屏息閱讀，一邊強烈地想著「我絕對不要變得像妮娜一樣」。

我才不會像妮娜一樣被田母神拋棄，而且我一定會成為演員。

三十六歲的明日香被十七歲時的高傲想法深深刺痛了心，把手伸向書櫃。

如今的她已經可以理解這本薄薄的戲劇合集之中，那位充滿夢想的鄉下少女的悲傷、絕望、心願、祈禱和忍耐。

她抽出來的書非常乾淨，封面很光滑，內頁也沒有變黃或發皺，比她包包裡的那本破舊《海鷗》乾淨多了。她喉嚨顫抖，眼睛溼潤，幾乎要哭出來。

後面放著一張桌子，有幾位帶著孩子的主婦正擠在一起寫看板。

她們的年齡跟明日香差不多。

如果她沒有在幸本書店遇見田母神……如果她在簽名會後沒有在書店後門等田母神……如果她後來沒有喊住田母神……她是不是就不會去東京了呢？

她高中畢業之後會留在鎮上，平凡地找工作，平凡地結婚生孩子，在溫馨的家庭裡過著幸福快樂的生活嗎？

如果她沒有遇見他，或許她就能得到這種幸福。

她或許還會把當演員的夢想當成茶餘飯後的話題，拿來和其他主婦或家人說笑，那種生活或許更令她滿足。

那些親子們用各種顏色的簽字筆和彩色鉛筆寫著看板，每個人看起來都很開心。

都三十六歲了還滿口說著演員夢，也沒有固定職業、只能去酒店打工的她，在這個鎮上完全是個異類。

這裡雖是明日香的故鄉，她卻無法加入那群快樂的人們。

如果高中同學看見現在的她，一定會嘲笑她，說她以前老是自以為與眾不同，完全不把她們放在眼裡，結果到了三十六歲還只能在地下劇場演出，這算什麼演員？有辦法養活自己嗎？

明日香看著閃閃發亮的嶄新《海鷗》，幾乎快被自己的悽慘和孤獨撕裂。

好想回去。

這裡是我長大的地方，但已經沒有我的容身之處了。

好想回東京。

因為在那裡沒人認識十七歲的我。

為什麼還要回來這裡呢？

我又不可能回到十七歲。

我的《海鷗》已經變得破破爛爛，不像這本新書這麼光滑，也不乾淨，內頁早就翻得皺巴巴又泛黃了。

明日香拿著全新的《海鷗》，心中隱隱作痛，正悲傷地低著頭時……

「明日香……？」

她想念得不得了、卻又害怕見到的那個人的聲音正在呼喚著她。

她的心臟跳得震天價響，一股強烈的緊張把她整個人綑住。

明日香僵硬地轉過頭，看見了穿著西裝和風衣、拿著名牌公事包的田母神。

他的臉上浮現困惑的表情。

「沒想到會遇見妳……妳最近都在做什麼？」

明日香眨著眼忍住淚水，像在臺上表演一樣裝出笑容。

「好久不見，田母神先生。我就知道一定會遇見你。我最近都在一間小劇場表演。」

田母神難過地皺起眉頭，他一定看出了她沒辦法光靠這份工作養活自己。

難道我已經憔悴到令他不得不露出這種表情嗎？

但是他也老了不少。

從前的他可是渾身自信、閃閃發亮呢。

如今他看起來似乎很痛苦、很寂寞。

啊，對了，就像酒醉後變得脆弱的時候一樣……他在外面明明不會露出這副神情的。

「下個月也有演出，我演的是配角，是個很不錯的角色，歡迎你來看。此外，我還會去築地的酒店打工，你有興趣的話也可以去幫我捧場。既然是前男友，我可以給你折扣。」

她想表現出自己過得很充實，刻意擠出笑容，裝出開朗的語氣。

可是田母神的表情卻變得更加苦澀，這令明日香更焦躁，努力笑得更燦爛。

田母神的視線落在明日香的手上。

他發現明日香手上那本書的書名，眉頭皺得更緊，低聲說道：

「……是《海鷗》啊。我果然是特里戈林，我真的讓妳毀滅了……」

明日香想笑，卻笑不出來。

不只是田母神的話語刺傷了她的心，他那哀憐的眼神更令她難受。

『我已經累極了！我真想歇一歇，歇一歇！』

『我是海鷗……不，不是這樣的……』

『一個男人偶然來到，看到這個女孩，為了打發無聊就讓她毀滅了，正好做為短篇小說的題材……也不是這樣的……』

腦袋混亂、身心俱疲、深感絕望的妮娜斷斷續續地說道。

明日香又忍不住想像：如果沒有遇見田母神……如果沒有接近田母神……如果沒有搭上電車去東京……

她的腦海突然掠過自己沒有和田母神相遇，高中沒有輟學，留在鎮上結婚生子過著幸福生活的情景。

幸福？真的嗎？

不，不是這樣的！

明日香腦袋發燙，在心中極力大喊。

這一瞬間，一股強烈到令她難以置信的情緒從胸中湧出。

她朗誦過無數次的妮娜的話語、想法、決心都從腦海裡飛出去了，她似乎還能聽到鳥兒振翅的聲音。

明日香抬起頭，直視田母神，用強而有力的堅定語氣說：

「不是這樣的，我並沒有毀滅。如果沒有遇見你，就算我留在鎮上平凡地找工作、結婚生子，我也會一直很後悔，覺得這不是真正的自己，自己其實是想去東京當演員的，如果是十幾歲的自己一定做得到。那樣根本不算幸福。」

田母神瞪大了眼睛。

他盯著明日香，彷彿是第一次見到她。

「都是多虧了你，我才能當上演員。我知道，自己的十字架得自己背，我現在仍繼續當演員是因為那是我的夢想。我大可選擇其他生活，但我選擇的是這條路，而且我今後也會在這條路上繼續走下去。」

沒錯。

正是如此。

就算當上演員之後一點都不出名，就算一直無法站上大舞臺，這也是我自己選擇的。

我明明還有很多路可以選擇，但我之所以沒有選其他路，是因為那樣就不是我了。

「妳很堅強。」

田母神喃喃道，他的眼神和語氣不再隱含著對明日香的憐憫，只有感傷和尊敬。

明日香笑了。

這個笑容不是為了掩飾自己的悲慘，而是在展示自己的驕傲。

「是啊，因為我是妮娜嘛。」

『站上舞臺和寫作都是一樣的。我已經明白了，我們的事業最重要的不是名望，不是光榮，不是那些我幻想過的東西，而是忍耐的能力。』

『要背負自己的十字架，要堅定地相信。我現在很有信心，所以我並不那麼難過，只要想到自己的使命，我就不害怕生活了。』

明日香從未像現在一樣貼近妮娜的心情。

啊啊，沒錯。

就是這樣，妮娜。

我已經明白了。

未來或許還是會有很多辛酸和挫折，很多空虛和悲傷。

即使如此，我一樣是演員。

無論走過了怎樣的從前，無論今後要迎向怎樣的未來，我現在都能堅強開朗地露出笑容。

「再見了，田母神先生。如果你對我的表演有興趣，一定要來看喔。」

明日香手上拿著全新的《海鷗》，包包裡放著老舊的《海鷗》，帶著兩本《海鷗》一起離開田母神走向櫃檯。

戴眼鏡的少年店員不知為何，笑容滿面地看著遞出嶄新《海鷗》的明日香。

彷彿聽見了她和田母神的對話似的。

他當然不可能聽到，不過明日香總覺得他是在對她表示肯定，心裡非常愉快。

結完帳後……

「這本書和我帶來的舊書是一樣的書，我可以跟兩本書一起拍照嗎？」

明日香問道。

「好的，沒問題！」

店員笑容滿面，開朗地回答。

「我現在真想為您鼓掌！這本書也是這麼說的！」

他瞇起眼睛，一臉欣喜地補上這句話。

「太誇張了。」

明日香也笑了。

但她確實很開心。

「好，我要拍囉～」

明日香用右手拿著新的《海鷗》，左手拿著舊的《海鷗》，挺起肩膀自信地笑著。

是啊，我是飛翔的鳥兒。
我是純白的海鷗，我是演員。
我會背著自己的十字架繼續向前邁進。
眼鏡少年拍的照片很棒，明日香和兩本《海鷗》都拍得很漂亮。
『過去和未來，以及現在的我！』
她在看板上寫了這句話，走到擺滿大家用心寫的看板的桌子，把自己的看板放上去。
明亮、溫暖、喜悅、純淨、溫柔、輕快……她懷著各種情緒看著眾多看板時……
彷彿被某種東西吸引似的，她發現了田母神寫的看板。
一旁附上的照片裡映出書本的外觀，上面寫了田母神的簽名和留言。
明日香讀著讀著，因喜悅而發熱的身體漸漸降溫，繼而湧上一股寒意。

怎麼辦？

她背脊發寒，不安和恐懼哽住了喉嚨。

一定是自己想太多了。她才剛和田母神說過話……雖然他表情陰沉，但看起來並沒有那麼絕望。

不過，他就連同居時都不曾對她顯露過真心……

「客人，您怎麼了？」

大概是因為明日香的臉色太蒼白了。

戴眼鏡的店員不知何時走了過來，擔心地問道。

從鏡片下凝視著她的那雙大眼睛好像充滿了真摯、對明日香的關懷、想要幫忙的心情，令她忍不住吐露席捲於心中的深切不安。

「拜託你……請一定要盯著田母神先生。他……或許是來這裡尋死的。」

因為他並不是特里戈林，而是對人生絕望而選擇自盡的科斯佳。

插曲

和《怪傑佐羅力：神祕的外星人》永永遠遠在一起！

哇！客人好多！

放學後，帶著回憶的書本來到幸本書店的廣空看見店裡活潑的景象，就感到心情雀躍。

有白頭髮的老爺爺、和媽媽牽著手的孩子們，以及穿著和廣空相同制服的國中生，各年齡層的人聚集在幸本書店和書本一起拍照留念，或是在看板上為自己推薦的書本寫下介紹文。

大家寫的看板擺放在店內各處，看起來十分熱鬧，像是慶典一樣。

雖然他知道幸本書店要關閉時非常難過，直到現在都覺得很寂寞……

這間鎮上唯一的書店在廣空的心中有著特別的地位。

他第一次被爸爸牽著來到幸本書店，大概是在九年前的同一時期，那是在東北地區發生大震災之後不久。

當時廣空六歲，還在上幼稚園。

他正在和朋友一起玩積木的時候，地面突然上上下下地搖晃，堆好的積木全垮了，整棟房子激烈地左右搖晃。

廣空和其他孩子都嚇哭了，老師宛如面臨窮途末路，哽咽地指示著大家躲到桌下避難。

可是，那位年輕老師也同樣被這波前所未有的強烈地震嚇得驚慌失措。搖晃久久不停，廣空在桌子底下抱著頭哭泣。

外面持續傳來各種東西掉落的聲音、破裂的聲音、毀壞的聲音、撞擊的聲音，他都快要嚇死了。

有好幾次搖晃看似停止了，結果又繼續晃起來，每次他都會害怕得哭出來。

媽媽來接他的時候，他衝上去抱住媽媽……

——媽媽，地球壞掉了嗎？好可怕，好可怕喔！

他說著哇哇大哭起來。

被廣空抱住的媽媽也和幼稚園老師一樣臉色蒼白，抱緊廣空的雙手都在顫抖。

那一天，家裡沒有燈光，漆黑的房子裡亮著手電筒，他們在幾乎令人凍僵的寒冷中度過。

直到隔天早上為止，輕微的搖晃和強烈的晃動一直斷斷續續地發生，而廣空一直裹著毛毯緊攀在媽媽身上。

隔天電力就恢復了，但電視播放的畫面都是漆黑的海嘯和濁流、崩塌的建築物與堆積如山的瓦礫，又帶給了廣空另一波衝擊和恐懼。

這個小鎮也會被漆黑的波浪淹沒嗎？

這棟房子也會倒塌，把裡面的廣空和爸爸媽媽都壓扁嗎？

就連廣空每週期待的卡通和變身英雄播放的時段，都一再出現海浪吞噬城鎮的畫面，廣空按遙控器轉臺，但他轉到另一臺、另一臺、再另一臺，看到的都是逐漸垮下的房子、如同地球呻吟般的地鳴，以及漆黑的波浪。

他只能用坐墊蓋著頭哭泣。

爸爸看到廣空這個模樣很擔心，就帶他出門了。

——阿廣，你和爸爸一起去書店吧。聽說幸本書店已經開始營業了，我們去那裡買些快樂的書吧。

震災只過了三天。

廣空居住的地區災情比較輕微，很快就恢復了生活機能，但超市和便利商店的貨架都變得空蕩蕩的，所有人的神情不安而陰沉，談論著地震或許還會發生，最好躲到遠方避難。

雖然廣空戴著毛茸茸的耳罩，那些討論還是鑽進了他的耳中，他握緊爸爸的手，低下了頭。

還會再發生地震嗎？

我們會被垮下的瓦礫活埋嗎？

還是會被那黑漆漆的波浪沖走呢？

他覺得不管逃到哪裡都逃不開搖晃，就像在暴風雨中乘著一艘小船。

爸爸帶他去到一棟三層樓的狹長書店。

——太厲害了，真的開始營業了。

現在廣空已經是國三生了，他都還清楚地記得當時身旁的爸爸感動到聲音顫抖地說出這句話。

他也記得爸爸瞇起眼睛，浮現淚光的模樣。

當時的他太小，還不能理解，但如今的他已經可以想像震災發生三天後就開始營業是多麼艱難的事。店長這個決定讓他和爸爸一樣感動，也同樣感激。

我在那時得到了幸本書店的幫助。

被爸爸牽著走進書店後，他發現店裡有很多客人。

令人驚訝的是每個人都一臉開心地挑著書。

路上行人神情壓抑，不是流淚就是擔憂，可是這裡的每個人都開朗地笑著！

——歡迎光臨。

戴著眼鏡、態度溫和的店員向他打招呼，語調沉穩而愉快。那人和小小的廣空四目交會，就親切地笑了。

不斷有客人對那位眼鏡店員說話。

——謝謝你開門營業，笑門先生。在這種時候會更想要看書呢。

——電視每一臺都是震災的新聞，讓人看得好鬱悶。幸本書店有在營業真是太好了。

——幫我介紹一些看了心情會變好的書吧，笑門先生。

——我想要看精采刺激、讓人一看就忘了時間的推理小說！

被稱為笑門先生的店員對每一位客人都瞇起眼睛、親切周到地回應。在震災中破損的書本堆在店裡便宜出售，大家都笑容滿面地去拿。爸爸也去詢問笑門先生「有沒有這個孩子會喜歡的書？」。

——他一看到電視就害怕，用坐墊蓋著頭不斷發抖，太可憐了。我聽說幸本書店已經開門營業了，所以過來看看。

笑門先生難過地垂下眉梢，眼神閃爍。

——這樣啊。真是謝謝您。

但他又立刻露出笑容，然後蹲低身子看著廣空。

——你好，你幾歲了？

他向廣空問道。

廣空仍抓著爸爸的手，戰戰兢兢地回答：

——……六歲。

笑門先生一聽又垂下眉梢，露出悲傷的眼神；接著他再次面帶溫和，嘴角揚起，用充滿關愛的溫柔神情看著廣空。

——這樣啊。你現在是幼稚園大班吧，和我的孩子一樣大呢。那我有一本書可以推薦給你。

說完以後，他把廣空和爸爸帶到了二樓的童書區。

那邊已經有很多小孩，大家吵吵鬧鬧地看著書。

其中也有和廣空上同一間幼稚園的朋友。

——啊，阿廣也來了！

他抱著書開心地跑過來。

——這本書超級好看喔！是店長推薦給我的！

他舉起雙手，把書拿給廣空看。

封面上有一隻蒙著黑眼罩、戴著黑帽子的狐狸坐在火箭上，還有一隻綠色的奇怪生物從上方探出頭來。

看起來非常有趣。

廣空讀出書名。

——怪傑佐羅力……神祕的外星人。

笑門先生微笑著說：

——沒錯，你讀得很好。你的朋友已經向你介紹過了，其實這是我推薦的喔。我有個和你一樣大的兒子，他也很迷這個系列。封面上的狐狸叫「佐羅力」，看起來像是壞人，其實他是好人，看到別人遇到麻煩都會幫忙。野豬「伊豬豬」和「魯豬豬」是他的朋友，他到處旅行是為了找到最棒的太太。你看，這就是伊豬豬和魯豬豬。

笑門先生說著，指向封面下方那兩隻漫畫風格的豬。

——這個系列還一直出版新書，有很多集喔。如果你喜歡的話，就可以看很久了。

接著他拿來一本和廣空朋友手上那本一樣的書。

——先從這本開始看吧。這是系列中的第十一集，不過上面寫了從哪本開始看都可以，所以不用擔心。

幼稚園的朋友拿起自己的書，和廣空那本湊在一起。

——一樣的！

廣空也笑著說：

——嗯，一樣的。

這是爸爸在震災之後第一次看到廣空露出笑容，他總算鬆了一口氣。

爸爸去一樓找自己要看的書了，廣空拿著剛買的《怪傑佐羅力：神祕的外星人》坐在二樓童書區的地毯上，和朋友一起讀。

一翻開封面，有一座大迷宮橫跨了兩頁，野豬伊豬豬和魯豬豬站在入口，撐著傘、穿著披風的狐狸佐羅力站在出口。佐羅力舉起手，旁邊有個類似漫畫對白框的格子，用不同的字體寫著：

『喂～快過來，我們要在這裡露營喔～』

『伊豬豬和魯豬豬到達佐羅力那邊以後，故事就開始了。』

光是這一頁就讓廣空看得興奮不已、滿心期待。

翻到下一頁，佐羅力一行人展開了愉快的旅程。

書中所有的漢字和片假名都用平假名標上讀音，六歲的廣空也能毫無困難地閱讀。

就像第一頁一樣，佐羅力說的話經常會寫在對白框中，夾雜在一般的文字敘述裡，非常好讀！又很有趣！

佐羅力一行人在旅行途中發現了麥田圈。

地瓜田裡出現了奇妙的圖案，中間是一個大圓圈，旁邊圍繞著四個小圓圈。

『哇！伊豬豬，那個一定是麥田圈。』

『麥田圈？那是什麼？好吃嗎？』

『你們一定不知道吧。好，大爺我來解釋給你們聽。』

接下來的一頁……

開頭有一行標題「麥田圈是什麼？」，下面是詳細的解釋，這個設計非常體貼，廣空興奮又好奇地繼續看下去。

伊豬豬和魯豬豬正要去田裡挖地瓜時，UFO出現了，書中用跨頁的篇幅畫出魯豬豬抓著長長的地瓜藤被UFO吸進去的景象，佐羅力為了拯救魯豬豬，立刻組好一艘火箭，搭著火箭飛到太空。

佐羅力到達了綠色外星人居住的星球，為了保護地球不被外星人侵略而跑去參加公開的智慧測驗，解開了各種謎題，還和外星生物作戰，對外星公主一見鍾情。故事繼續。

因為情節實在太有趣，廣空入迷地閱讀時，早就把震災帶來的恐懼忘得一乾二淨。

其間還發生了一次劇烈地震，爸爸擔心地跑上二樓，發現廣空一點都不在意搖晃，依然專注地讀著佐羅力。

◇　◇　◇

當時店長笑門先生推薦給我這本書，讓我每天都忙著讀佐羅力，過得興奮又開心，根本沒空去想可怕的事。

第一本佐羅力看了很多次以後，廣空又跟媽媽一起去買佐羅力的其他故事，笑門先生還記得廣空，就問道：

——那本書好看嗎？

——太好看了！

看到廣空興奮得滿臉通紅，他就瞇起鏡片下的眼睛……

——那要不要再看看這本？這是佐羅力煮拉麵的故事喔。

他推薦的那本書是封面上畫著佐羅力津津有味地吃著拉麵的《怪傑佐羅力之強強滾！拉麵大對決》。

這故事似乎很有趣，而且拉麵看起來也很好吃，廣空看得直吞口水，震災之後他一直沒有食慾，這下子問題全解決了。

——媽媽，我想吃拉麵！

還沒把整本書看完，他就這樣央求媽媽。

就這樣，他盡情享用過這本書以後，又請父母帶他去幸本書店，笑門先生又推薦了另一本佐羅力系列的書，不知不覺間，廣空房間的書櫃上已經湊齊了整套的佐羅力系列。

至今已過了九年，佐羅力系列依然繼續推出新的故事。每次出新書，廣空就會去幸本書店，開心地和笑門先生聊天。

廣空升上國中後，穿著制服去書店時……

——哎呀……你已經是國中生了……

笑門先生用感慨的語氣微笑著說。

他看著廣空時，眼神比平時更加憐愛。廣空已經知道笑門先生的狀況，所以有點難過。

笑門先生是廣空的恩人。

如果笑門先生沒有在震災三天後就開門營業，如果爸爸沒有帶廣空去幸本書店……說不定他直到今天還對震災心有餘悸。

看完整套佐羅力系列後，他才發現一件事。

笑門先生刻意跳過了描寫建築物崩塌和水災的故事，只推薦會讓廣空感到開心的故事。

現在的他已經可以不受震災影響、單純地享受那些故事了，若是當時的他，或許會怕到看不下去吧。

笑門先生能考慮對方的心情來幫人選書，真是最棒的書店店長，是非常溫柔體貼的人。

此外，他也是個堅強的人。

他會在震災三天後就開門營業，也是因為覺得在這種時候會有很多人需要書本的療癒和支撐。

他相信書本擁有這種強大的力量。他想要以書店店員的身分為那些人做些什麼。

能把這樣的信念化為行動，真的很了不起。

過了很久，廣空才驚訝地得知，笑門先生的太太和兒子都在震災中過世了。

聽說那個和廣空一樣大的孩子是他體弱多病的太太已經放棄生孩子時才懷上的，那是他們好不容易盼到的孩子，笑門先生疼他疼得像寶物一樣。

——那是個很像笑門先生的可愛孩子，他還說過「我長大以後要像爸爸一樣開書店」呢。

書店常客告訴廣空這件事時，眼角還含著淚。

震災那天，笑門先生的兒子去海邊的外婆家玩，結果和媽媽及外公外婆一起被海嘯吞噬了。

笑門先生詢問廣空的年齡時會露出那麼哀傷的眼神，也是因為這樣。

當時廣空一定讓笑門先生想起了過世的兒子吧。

他一下子同時失去了太太和兒子，卻能立刻開始營業，還能露出那樣清澈的微笑。

為什麼他有辦法做到呢？

他一個人待在家裡的時候，都在想些什麼呢？

待在店裡的時候，笑門先生總是面帶笑容陪客人商量，愉快地聊著書，一點都看不出傷心的樣子。

他真的是個堅強又溫柔、無比強悍的人。

廣空沒有想到，笑門先生竟然這麼早就過世了。

事情發生得太突然了。

而且連幸本書店都要關門了。

難道沒有人願意買下書店繼續經營嗎？鎮上的居民都在想辦法，但狀況不太樂觀。

如果幸本書店關門，這個鎮上就沒有書店了。

廣空雖然覺得很寂寞，但他只是個國中生，什麼都做不到。

而且他總覺得，笑門先生都不在了，幸本書店就算繼續營業也變得不一樣了。

對他來說，幸本書店就是笑門先生。

既然笑門先生過世了，幸本書店也就結束了。

這樣才是正確的。

——阿廣真冷漠！為什麼可以說得這麼輕鬆！我絕對不要讓幸本書店消失！

廣空拒絕聯署支持幸本書店繼續營業時，朋友生氣地和他爭論。

——我才不輕鬆咧！幸本書店要關門我也很難過啊！可是沒有笑門先生的幸本書店對我來說就不是幸本書店了！

——那你覺得幸本書店關門也無所謂嗎？

——我又沒說我無所謂，只是覺得不一樣了。

——我聽不懂你在說什麼啦。阿廣大笨蛋！

他和朋友已經三天沒說話了。

颯太才是大笨蛋。幸本書店要關門，我也是難過得要命啊。

今天廣空一個人來向笑門先生道別。

店裡十分熱鬧，跟震災之後的情況一樣，有很多客人愉快地在挑書。有老爺爺。

有主婦，有年輕女性，也有學生和小孩。

大家都是笑容滿面。

笑門先生就算在自己心裡很悲傷很難過的時候，還是會為了讓大家開心而面帶笑容地賣書。

所以我也要笑著和笑門先生及幸本書店說再見。

笑門先生一定也希望這樣吧。

「歡迎光臨！」

一位戴著大眼鏡、看起來像高中生的店員開朗地喊道。

廣空沒見過這個人，那人眼鏡下的眼睛閃閃發亮，笑容滿面地十分親切。

「我們正在舉行閉幕活動，請問您帶了和本店之間的紀念書本嗎？」

「是的！我帶來了笑門先生幫我選的、我最喜歡的書！」

廣空也精神飽滿地回答。

他從書包拿出《怪傑佐羅力：神祕的外星人》，高高舉起，戴眼鏡的店員像笑門先生一樣瞇起眼睛，緩慢而仔細地看著封面。

簡直就像在跟書本打招呼。

他以充滿親切和尊敬的溫暖眼神看著書本。

嘴角露出微笑。

然後滿足地喃喃說道：

「喔喔……真好。您的書非常幸福呢。」

一旁的女店員側目瞪著他，但他還是笑著。

廣空因為聽不懂他那句話的意思而愣了一下，但是像笑門先生的人對他這麼說，讓他又開心又有點害羞。

「謝謝你。那個……你可以幫我拍照嗎？我也想要寫看板。」

「好的，那就請您的朋友一起來吧。」

「啊？」

廣空順著眼鏡店員的視線轉頭望去，發現穿著和自己相同制服的國中男生尷尬地站在後面。

他的懷裡抱著一本《怪傑佐羅力之強強滾！拉麵大對決》。

是他的朋友颯太！

因為廣空拒絕聯署支持幸本書店繼續營業，所以兩人正在吵架……

為什麼他會在這裡呢？

我邀請他的時候他明明還轉頭不理我。

還拿著相同的書。

你臉紅了耶……不過我的臉也在發燙。

兩人都不知所措地等待對方的回應，此時眼鏡店員開朗興奮地說：

「兩位一定都在幸本書店有過很美好的回憶吧？你們喜歡幸本書店的心情是相

同的，所以你們的書都在說『快點和好啦！』。笑門先生一定也這麼想。」

書又不會說話！

但是聽到了笑門先生的名字，廣空和颯太都覺得不該在這裡繼續吵架。

他們頻頻打量彼此的表情，接著廣空豁出去了，朝颯太走去。

颯太睜大眼睛，廣空用自己的書敲了他懷中的佐羅力系列，微微一笑。他就像在震災後兩人一起坐在幸本書店童書區的地毯上興奮地看佐羅力時一樣，說道：

「……一樣的。」

颯太也噘起嘴，不悅地回答：

「嗯嗯，一樣的。」

和九年前一樣，兩本書撞在一起。

說不定此時廣空和颯太的書都在抱怨：

『很痛耶！』

第三章

《紅字》的罪行

「那傢伙……幸本笑門……該不會是因為我才死的吧？」

田母神痛苦地扭曲著臉，抱著頭，聲音沉痛得幾乎吐血。

「讓我死吧。我再也撐不下去了。」

◇　◇　◇

田母神港一認識幸本書店第三代店長，是在第二代店長兼定因病早逝、笑門剛當上店長的時候。

那時田母神也還沒成為知名作家，而是在鎮公所裡做些令人煩躁的工作，諸如處理居民帶來的無聊雜務（這是他自己的感覺）之類的。

他從小學業成績就很好，國中和高中在走廊上張貼的成績排名從來沒掉出前五名之外。可是因為家境的緣故，他只能讀可以從家裡通勤的本地大學，這讓他非常不服氣。

我明明有能力進入東京的一流大學，受聘於知名企業，做些國際規模的工作。結果卻只能待在這種小地方的鎮公所，成天聽老人家說廢話，動不動就對人鞠躬哈腰。

為了排解心中鬱悶，他開始埋頭寫小說，拿去投稿。

只要得獎就能得到獎金。

那就可以去東京了。

如果書賣得好，我就能成為有錢的名人。我要讓那些明明比我笨卻能去東京讀好學校的傢伙刮目相看。

可是他在鎮公所的工作之餘，以四個月一本的效率用鋼筆寫出來的稿子，每次都只能通過初選和複選，到決選時就被刷下來了。

要怎麼樣才能通過決選呢？

既然我的實力足以通過初選和複選，唯一不足的就只有運氣了。

要怎麼樣才能提升運氣呢？

每次看到新人獎公布的結果，他就覺得苦悶。

在那段時間，他常去幸本書店訂書，也開始會跟店長聊天。

那位戴著眼鏡、長相溫和的店長比田母神小一歲，個性十分隨和。

他很懂得怎麼說話才不會令人感到不悅，相處時都會顧及田母神的面子，所以田母神和這位比自己小的青年說話時自尊心都能得到滿足。

店長的名字是笑門，他母親很早就過世了，他從懂事以來一直泡在書店裡看書，對各種類型的書本瞭若指掌，就連自認博覽群書的田母神也自嘆不如。

話雖如此，他卻不會把紮實的知識當成貶低他人或抬高自己的工具，而是會謙虛地分享。

在網路還不如今日發達的時代，可以在東北地區的小鎮找到一個能聊書的對象是非常難得的。

因此田母神即使不買書也會造訪幸本書店，和笑門愉快地暢談文學或創作。二樓童書區的後方有一間辦公室，兩人經常在那裡徹夜談天。有時笑門的妻子彌生子也會送飯過來。

——比起去居酒屋喝得爛醉，你在這裡和田母神先生討論文學更讓我放心。不過也要適可而止啊。

水泥牆環繞的小房間裡有個書櫃，裡面放了各式各樣的書，那些是笑門自己的書，他說那都是他特別喜歡的。牆邊的藍色箱子裡放的是破損老舊但需要保留的重要書籍，上方掛了一幅奇妙的畫。

蔚藍海洋和灰色沙灘，還有棄置在岸邊的巨大鳥骨。骨頭蒼白得近乎莊嚴，在海水和沙子之間顯得格外突出。

那幅畫感覺既孤寂又強而有力，非常吸引人。

——這是我父親畫的。

第二代店長兼定是個多才多藝的人，他瀟脫又帥氣，很受人喜愛，聽說他更想當演員或畫家，而不是書店店員。

——所以我很想早點繼承書店，讓父親可以盡情去做自己喜歡的事。我小時候和父親約定過，我來經營書店，父親就能去當畫家了，這樣我還能在店裡賣父親的畫冊……

笑門帶著溫和微笑說出這話時，語氣聽起來十分苦澀，或許是因為他還沒實現約定，兼定就早早過世了。

聽到這幅畫的標題是「滅亡」時，田母神感到一陣心驚。

是因為笑門的父親沒有成為期望中的自己，帶著遺憾死去嗎？田母神彷彿從他的身上看到了現在的自己，幾乎喘不過氣。

他沒有讓身邊的人知道投稿的事。

他只對笑門透露了自己胸中翻騰的野心，笑門一聽就露出溫和的微笑說：

——你的小說是有靈魂的，非常精采，我想一定會得獎的。到時請你一定要來幸本書店辦簽名會喔。

這個回答讓田母神十分滿意。

——喔喔，好啊。我要讓書店外面大排長龍。

田母神也發下豪語。

——真期待呢。

笑門瞇起眼睛，彷彿迫不及待看到那一天的到來。

可是田母神的小說後來還是沒有通過決選，他依然焦躁地過著每一天。

若是看到得獎者比自己更年輕，他就會更不甘心，瞪著雜誌上公布的得獎者筆名時，他的眼睛簡直要冒火了。

他喉嚨乾渴，雙手顫抖，不禁想要詛咒一切，心想為什麼不是我？為什麼是這傢伙？他明明比我小三歲！開什麼玩笑！

沒辦法讓我得獎的世界不如毀滅算了。他甚至會這樣想。

即使看著標題取為「滅亡」的那幅畫，想像著一切生物死絕、白骨遍布的世界，他的怒氣還是不斷增長。

這時笑門眼神清澈地看著他……

——以你的實力一定可以成為小說家，再來就只剩選擇題材了。說不定是你之前投稿作品的主題太艱澀了。

他用不會傷害田母神自尊的方式表達了安慰和勸告。

當時田母神像是聽到小溪的涓涓流水聲，心情十分平靜，但是回到家中、一個人坐在桌前面對著稿紙時，胸中又湧出了氣憤焦躁和嫉妒，他把寫到一半的稿紙撕碎揉成一團，砸在地板上。

如果我寫的題材不符合大眾口味，怎樣的題材才符合大眾口味啊！

當他不知道該寫什麼好的時候……

——要不要喝杯茶？

笑門邀請他到幸本書店二樓的辦公室。

田母神平時都是在打烊後才會跟笑門在這裡聊天，但是這一天笑門在營業時間邀請他到辦公室，或許是因為他明顯一副走投無路的樣子吧。

笑門泡的茶非常好喝。

他先熱過杯子，再用茶壺把微甘的中國茶葉倒進杯中，田母神一喝就覺得喉嚨的乾渴得到解脫，身子也暖了起來。

——你在這裡找本書來看，好好地放鬆一下吧。

笑門說完之後就離開了。

田母神看著擺滿各種書籍的書櫃，又開始思索怎樣的題材才會被大眾接受⋯⋯

這時他在書櫃的角落發現一本手工製的小冊子。

封面是厚紙板，內頁是圖畫紙，穿洞之後用細線綁起來——簡直像小孩在美勞課做的、很薄的手工書。

他抽出來一看，封面用水藍色蠟筆寫著：

《最後一間書店》

他好奇地翻開封面。

裡面用蠟筆畫了一棟像是書店的建築物。

『這個村莊裡只有一間書店。』

『一開始本來有三間書店，後來一間一間地關閉了，到最後只剩下一間。』

書店的老闆是一位老先生，有一天別人發現他坐在櫃檯後的椅子上，像睡著一樣地過世了。

老先生沒有家人，所以書店也得關門了。

『葬禮的那一天，全村的居民都來到了書店。』

『每個人都拿著一本充滿回憶的書。』

『他們彼此聊著自己最愛的書。』

『每一個人都寫了廣告看板。』

『桃紅色、玫瑰色、水藍色、黃色、紫色，各種顏色的看板擺放在平臺上，看起來像一片鮮豔的花田。』

不知不覺間，田母神看得屏氣凝神。

繪本裡的繪畫和文章都拙劣得像小孩的手筆。

可是這個……

他的心臟怦怦狂跳。

胸口悶熱得難受。

沒錯，就是這個……

◇　◇　◇

「田母神先生是偽裝成特里戈林的科斯佳。他打算尋死。」

懷裡抱著兩本文庫本——破舊的《海鷗》和全新的《海鷗》——的女性以一種必死的決心說道。

水海啞然無語，不明白她在說什麼。

特里戈林和科斯佳都是《海鷗》裡面的角色。女主角妮娜愛上了來自都市、年齡大得足以當她父親的作家特里戈林，後來被他拋棄了。

科斯佳是特列普列夫的暱稱，他是和妮娜年齡相仿的青年，在妮娜移情別戀上特里戈林之前，和她是兩情相悅的情侶。

科斯佳也是作家，但他對作家這份職業和自己都陷入了絕望，找不到出路，所以和妮娜重逢之後就自殺了。

幸本書店正在舉行閉幕活動，有很多客人來到店裡，身為店員的水海忙得不可開交。

但是突然跑來幫忙的眼鏡少年卻擅離崗位，不知道跑去哪了，水海四處找尋時一臉苦澀地猜想他一定又會說些「書本在呼喚我」之類的詭異理由，最後發現他神情凝重地在一樓的文庫區和一位輪廓深邃的美女談話。

那位女性大概還不到三十歲吧？雖然她的衣服很樸素，但妝容及指甲都華麗得惹人注目。

——啊，圓谷小姐，大事不好了。

瞬大鏡片底下的眼睛、自己跑來工作的榎木結和拿著兩本《海鷗》的美女輪流解釋，說作家田母神港一打算自殺，千萬要盯緊他。

田母神是出生於本地的小說家，也是店長的朋友。以前他在幸本書店辦過簽名會，店裡的電腦有他的聯絡方式，水海曾用電子郵件寄給他店長的訃聞，順便邀請他來參加閉幕活動。

但是田母神多年來一直拒絕來自家鄉的邀請，震災時也沒有幫忙本地的復興工作，因此水海對他不抱任何期望。

前年離職的年邁店員也說過田母神拒絕店長的邀請令店長非常失落，抱怨他太過無情……

大概在一個小時前，有位穿風衣、拿名牌公事包的中年帥哥來到店裡，在櫃檯前拿出名片打招呼說：

——我曾經在這裡辦過簽名會，當時承蒙您們照顧了。我已經看過店裡寄來的電子郵件，請您們節哀順變。

水海不用看名片也知道他就是作家田母神港一，店裡還掛著那場簽名會的照片。

那是將近二十年前的照片了，現在的他看起來老了許多，但身材一點都沒變，長相也還是一樣帥氣。是本人耶！

本地無人不知的暢銷作家來到店裡，其他的店員都慌了手腳。

水海邀請田母神到辦公室後出去泡茶，當她用托盤端著茶杯回來時，看見名牌商標的公事包放在牆邊桌上，而田母神正在看著牆上的畫。

蔚藍海洋和灰色沙灘、巨大的鳥骨——那是第二代店長兼定的作品，標題是「滅亡」。

他皺緊眉頭，表情看起來非常悲傷、非常痛苦，讓水海不知該不該開口叫他。

田母神一發現水海就歪起嘴角，像是想要擠出笑容，卻沒有成功。

——這幅畫還在啊……

他喃喃說道。

——是的，因為這是店長父親的遺物。

——是啊，那是兼定先生在過世之前畫的……

田母神喝完水海泡的茶之後，彷彿不想待太久，隨即站起來，拿起名牌公事包。

——我好久沒來這裡了，我想在店裡慢慢逛，回憶我的老朋友。

他如此說道。

接著還請水海不用再招待他。

水海感覺他似乎不希望店裡因名人的到來而受到影響，就說：

——我知道了。如果有什麼事再叫我吧。

她在辦公室外目送著田母神離開。

回到一樓以後，水海提醒其他員工不要去討簽名，但她最不放心的結此時卻不在她的視線範圍內，她心想等一下一定要教訓他幾句。

之後她發現結在和一位美女說話，可是他竟然危言聳聽地說田母神來到這裡是為了自殺。

那位一身都市風格的美女說自己是田母神以前的同居人。

雖然如此，水海也不確定是不是真的。說不定她其實是田母神的狂熱書迷，而且是個跟蹤狂。結不知道是怎麼搞的，竟然相信這種可疑女人說的話。

不，他本來就很奇怪、很不正常，一來就說自己聽得到書的聲音，還說那本淡藍色封面的書是他的「女友」。

也就是說，這只是可疑客人和詭異員工在胡說八道。水海做出了結論，在這麼忙碌的時候才沒空理他們咧。但是……

「明日香小姐說的是真的。這一區的書都在窸窸窣窣地說著田母神先生的樣子不太對勁，感覺很危險。」

結又開始說那種奇怪的話了。

水海當然完全聽不到那些窸窸窣窣的聲音。

可是他從鏡片下凝視著水海的那雙大眼睛卻很認真……

水海回想起結來到幸本書店的這幾天表現出來的言行舉止……她無法否認自己好幾次懷疑過「說不定他真的聽得到」……

一臉凝重地站在結身邊、曾經和田母神同居的菅野明日香說：

「妳看這個！」

她把一張廣告看板遞給水海。

上面有田母神的簽名。

那應該是他寫的看板，上面還貼著一本書的照片。

《紅字》……？

這是一部美國小說，主題是描寫十七世紀波士頓的清教徒社會裡發生的通姦事件。

田母神帶來了這本書？

她回想兩人在辦公室裡的對話。

——閉幕活動的內容是請客人寫廣告看板，這是在效法《彼山書店的葬禮》的情節。請您一定也要寫。要選您自己的書也沒問題，因為店長也很喜歡您的作品。店長還說過他特別喜歡《彼山書店的葬禮》。

田母神頓時沉下了臉。

——是嗎……那我就寫些東西吧。

但他隨即展露笑容地這麼說。

水海還以為他一定會選自己的代表作《彼山書店的葬禮》。

結果竟然是《紅字》？

《紅字》是在描寫一個丈夫失蹤的女人和外遇對象有了孩子，因此被拉到刑臺上示眾，還被判處要在胸前配戴一個象徵通姦的紅色A字……

她死都不肯說出姦夫的名字。

但是孩子的生父丁梅斯代爾牧師因為罪惡感的苛責而日漸憔悴，最後他爬上她曾經站立過的刑臺，說出自己犯的罪，嚥下了最後一口氣。

為什麼田母神偏偏選了這本書呢？

廣告看板上有田母神潦草的字跡寫下的評論。

『丁梅斯代爾會死是因為承受不了隱瞞多年的罪惡的重擔。罪惡感殺死了他，同時也拯救了他。』

『死亡即是救贖。』

水海感到背脊有些發涼。

其他客人都是寫自己最喜歡這本書的什麼地方、這本書帶給自己的人生什麼影響、和幸本書店之間的回憶，諸如此類正面積極的內容，然而他卻……

激動地把看板遞給水海的明日香極力說道：

「田母神先生對已過世的笑門先生抱持著罪惡感。我不知道理由是什麼，總之我和他住在一起的時候，每次笑門先生跟他聯絡之後都顯得很痛苦。我也聽過他在說夢話時向笑門先生說『原諒我』或『幫助我』。那時他滿身大汗，表情扭曲，雙手掐緊自己的脖子發出呻吟……我很怕他真的會把自己掐死，所以趕緊把他搖醒。後來無論我怎麼問他，他都不肯告訴我他和笑門先生之間發生過什麼事。可是，已經二十年了……說不定他從更早之前就想死了。」

明日香焦急的發言令水海心跳加速，心臟一次又一次地縮緊。

田母神先生想死？

對店長抱持著罪惡感？

掐住自己的脖子？

看板上的潦草字句帶著危險的涵義浮上她的腦海。

罪惡感殺死了他，

同時也拯救了他。

死亡即是救贖。

「他一直渴望能得到救贖！笑門先生已經死了，他沒有請求原諒的對象了，這令他覺得自己只能尋死，就選了幸本書店做為尋死的地點。」

明日香說的每一句話都敲在水海的耳膜上，聽得她頭暈目眩。

不可能有這種事的。是她想太多了。

可是，田母神從簽名會後到昨天為止一次都沒來過幸本書店，他和店長變得疏遠也是事實……

水海向店長提議再次邀請田母神先生來辦簽名會時，店長顯得有些哀傷。

——港一太忙了，大概很難吧。

他這樣回答的時候眼神有些黯淡。

水海看了也不禁懷疑，店長和田母神先生之間是不是發生了什麼事。

——田母神先生已經是東京人了，所以想跟本地的人斷絕往來。他以前明明和笑門先生那麼要好。笑門先生的太太和孩子過世時，他也只打了一通電話弔唁。

年邁的女店員狠狠地抱怨了田母神先生的無情，從此之後店裡的人就沒再提起過田母神港一的事了。

如今想起那些事，令水海有些呼吸困難。

「……我不知道田母神先生是不是想死，總之我們先找到田母神先生，跟他把話問個清楚。這樣可以嗎？」

水海嚴肅地說道，明日香點頭回答：

「好的，麻煩妳了。我也會去找的。」

「那就要快一點了。聽到書本說的那些話，我覺得情況不妙。」

聽到結這句話，明日香就臉色發青。水海瞪著結說：

「榎木，別再胡說八道了。還有，如果找到了田母神先生，你可別直接問他是不是來自殺的，要說有事找他商量，把他請到辦公室。」

「是，我明白了。」

說完以後，結就立刻跑走了。

「等一下……別用跑的啦！」

水海想叫他的時候，那矮小的背影和柔軟翹起的黑髮已經遠去了。真是的！

水海也板著臉開始尋找田母神。

結似乎跑到二樓了，因此水海把三樓交給明日香，自己在一樓找。

「你有看到田母神先生嗎？」

她向其他店員詢問。

「他剛才還在寫廣告看板。他選的是霍桑的《紅字》，品味真獨特。」

「我看到他跟一位美女在說話，那個女人好像還哭了一下。一定是感情糾紛吧，大概是碰到了以前的女友之類的。真不愧是帥哥暢銷作家。」

水海聽到的都是已經知道的消息。

她在一樓巡了一圈，心想或許他不在一樓吧，此時口袋裡的手機震動了起來。是結打來的。

「圓谷小姐，我找到田母神先生了，在二樓的廁所。請妳快點過來。」

他說話的語氣比平時緊張急促，讓水海十分不安，她邁開大步走向二樓的廁所。

廁所在辦公室外面，分為男廁和女廁。

門口擺著「清潔中」的三角立牌，大概是結放的吧。

貼著男性符號那一間的門是開著的，有個人靠著馬桶倒在地上，水海見了就大驚失色。鮮紅的血液從那人的手腕流下，在地上積成一灘血池。

是田母神！

蹲在田母神前方的不是結，卻是獸醫道二郎，他正抓著田母神沒受傷的另一隻手檢查脈搏。

此時結抱著醫藥箱跑過來。

「道二郎先生，拜託您了！」

他打開醫藥箱，遞了過去。

「雖然我是醫生，但我是醫動物的呢……」

道二郎念念有詞地幫田母神的手腕包紮，水海用右手緊緊握住自己隱隱作痛的左手手腕，渾身顫抖地在一旁看著。

◇ ◇ ◇

田母神流了很多血，還好傷口不深，應該沒有生命危險。

道二郎做好緊急處置之後說，他會昏過去大概是因為睡眠不足和疲勞過度。

——我想去廁所，可是裡面有人在，我站在外面等了很久，正覺得奇怪時，榎木弟弟就面無血色地跑過來，拿著鐵撬拆門鎖。哎呀，真是嚇了我一跳。

結還是跟之前一樣笑著說：

——是書本告訴我的。還好趕上了。

結、道二郎，還有被結找來的明日香，三人一起把田母神搬到旁邊的辦公室，讓他躺在沙發上。

水海一直在發抖，什麼都沒辦法做。

周遭的人都覺得她很能幹，她自己也是這麼認為的，但是看到田母神手腕流血癱倒在地時，她的左手手腕就像脈搏狂跳似地發疼，抑制不了寒意和顫抖。

真是太丟臉了。

可是她現在回想起那一幕還是非常驚恐。

一想到田母神有可能死掉，她就忍不住渾身發抖。

「圓谷小姐，我會負責鎖門的，妳先回家休息吧。明天還有很多事要忙呢，如果領導者累垮了，我們就群龍無首了。」

結會這樣說應該是體貼水海吧。

放在他口袋裡的「女友」似乎說了些什麼……

「咦？我沒有劈腿啦，只是關心一下工作夥伴。」

結緊張地解釋著。

「……我沒關係。書店裡發生了這種事，我身為店員怎麼可以跑掉呢？」

目前在辦公室裡的有水海、結、明日香和田母神四個人。

到打烊時間後，店門關起來了，其他店員都回家了。水海並沒有把田母神的事告訴其他店員。

她之所以堅持留下來，除了身為領導者的責任感和自尊心作祟以外，也是因為她很想知道田母神和店長之間到底發生過什麼事。

為什麼田母神會被逼到這種地步？

二十年前發生了什麼？

田母神在看板寫下一句「罪惡感殺死了他」。

他到底對店長做了什麼壞事？

水海下意識地用右手握住發疼的左手手腕，聽著牆上時鐘指針行走的喀喀聲，令她想起了自己非常懦弱膽小的時期。

圍繞在她身邊的一切都令她感到害怕，夜晚的到來更是令她萬分恐懼，她的手腳瘦成皮包骨，臉上長滿痘痘，一直低著頭不敢看人……當時店長就是在這個地方泡了甘甜的焙茶給她喝。

這房間仍和當時一樣，牆上掛著鳥骨被棄置在海岸的圖畫，下面放著藍色收納箱，書櫃裡擺滿不同尺寸、不同類型的書本。

古文、現代文學、懸疑小說、詩集、畫冊、登山釣魚、足球、法律、經濟、食譜……

那些全是店長自己的書。

現在書櫃前面已經沒有瞇著眼睛溫柔微笑的店長了。

在那一天幫助過水海的店長再也見不到了，那輕柔的聲音再也聽不到了，他也不會再為水海泡甘甜的茶了。

店長已經不在了。

灰色房間裡的空氣也和當時截然不同，變得沉重、寂寞，充滿死亡的味道。

要怎樣才能停止顫抖呢？

沉積在房間裡的不安和寂寞會消散嗎？

就連在熱氣後方微笑的店長臉龐都漸漸變得悲傷而寂寞。店長從未在人前表現出寂寞或辛酸。

水海不知道店長真正的心情。

她什麼都不知道。

「……榎木，你不是聽得到書本的聲音嗎？那你告訴我，店長一個人在這個房間裡都是怎麼度過的？在太太和兒子過世後，店長一直都是孤單一人，他不寂寞嗎？」

水海一直不相信人能和書說話。

店長留下遺言，把所有的書本交給結處理也讓她很嫉妒。

我現在大概真的太脆弱了。

一下子發生了這麼多事，水海根本應付不過來，她已經不知道該如何是好了。所以她對結問了這個蠢問題。

「……應該很寂寞吧。」

結溫柔地回答。

「笑門先生的父母很早就過世了，又因為突如其來的災難而同時失去了太太和兒子，怎麼可能不寂寞呢？但他並不是孤單一人，他還有很多書本、你們這些員工，還有來找笑門先生的客人們……包括這一切人事物在內，整間幸本書店都是笑門先生的家人。」

結明明比她小，長得一副娃娃臉，體格看起來弱不禁風，還只是個高中生，為什麼他能用如此觸動人心的溫柔語氣說話呢？

聽到結這番話，讓水海好想哭……

真的哭出來就太丟臉了，她死命地忍住。

在沙發旁邊照顧田母神的明日香聽到結說的話，眼眶也有些溼潤。

此時明日香輕輕叫了一聲：

「啊！」

田母神醒了。

水海和結都望向沙發。

田母神微微睜開眼睛，愣愣地看著凝視他的明日香好一陣子。

他痛苦地扭曲了臉，絕望地說：

「……我還沒死嗎？笑門……都被我害死了……」

水海大吃一驚。

明日香質問他說：

「笑門先生被你害死了？這是什麼意思？」

「因為……我犯了罪……那只是一時鬼迷心竅……沒想到會讓我受到這麼大的折磨……」

田母神一副很難受的樣子，連話都說不好了。

到了這個地步，他還是無法下定決心說出自己的罪行。

就在此時……

「田母神先生，您在看板上寫了『丁梅斯代爾會死是因為承受不了隱瞞多年的罪惡的重擔』，還有『罪惡感殺死了他，同時也拯救了他』。」

田母神轉頭看著結，睜大了眼睛。

「或許真是這樣吧，但您的救贖並不是死亡，而是把造成您罪惡感的事情說出來。」

「……笑門？」

田母神一臉詫異，微微動著嘴巴，喃喃說道。

或許是因為結和已故的店長都戴眼鏡，兩人感覺有點像。田母神坐直身子，凝視著結。

但他隨即露出失望和自嘲的表情。

「啊啊，沒錯……笑門已經死了……」

他用一隻手摀著臉，搖著頭說。結繼續對他說：

「田母神先生，請您說出來吧，您在這個房間裡『發現了什麼』，您又對那東西『做了什麼』。」

「！」

田母神的臉上再次充滿驚恐。

明日香和水海也屏息注視著結。

難道榎木知道田母神先生做過什麼事？

「笑門……跟你說了嗎？不，他不會說的，笑門不可能……」

田母神聲音顫抖地說道，結依然語氣堅定：

「不是的，笑門先生沒有告訴過任何人，但是這個房間裡的書本看到了您做的事，這裡所有的書本都是您罪行的證人。」

「喔……你說書本是證人？是書本在向我復仇嗎？」

田母神低聲笑了。

他當然不會把結說的話當真，但他大概也明白除了店長之外還有其他人知道自己犯的罪，他再也瞞不下去了。

「……是的，我在這個房間裡……背叛了笑門和書本……」

他用苦澀的語氣說起往事。

「那段時間我在鎮上當公務員，同時寫小說投稿，但是無論我怎麼鑽研，始終無法通過決選……笑門建議我換個題材比較好，但我還是想不出怎樣的題材才符合大眾的口味。」

田母神帶著淡淡的笑容，說自己當時在這間辦公室的書櫃上找到一本手工繪本。

「繪本封面上的書名是《最後一間書店》。」

水海的心臟頓時狂跳。

《最後一間書店》？難道說……

明日香似乎也理解了什麼，她臉孔抽搐，哀傷地垂下眉梢。

「內容是說村莊裡唯一一間書店的店長過世了，村民帶著充滿回憶的書本聚集在書店舉行了葬禮。」

只看大綱的話，和田母神的出道作《彼山書店的葬禮》簡直一模一樣。

「圖畫和文章都很平凡，但我一看就覺得『就是這個了！』，如果用這個大綱和設定來寫，一定能寫出符合大眾口味的作品。」

他向笑門詢問了繪本的事，笑門不好意思地說那是自己寫的。

——我只是一時心血來潮而寫的，沒有打算拿給別人看。看來我好像沒有父親那般的繪畫功力，也沒有爺爺那般的文采。

他滿臉通紅，似乎是真心感到羞赧。

完全沒發現自己創作的東西有多少價值……

「當時我應該拜託笑門讓我使用他的設定才對，但我卻沒有這麼做。我擅自用笑門想出來的大綱和設定寫了小說，拿去投稿。」

這就是田母神犯的罪，也是折磨的開端。

偷竊別人大綱而寫成的《彼山書店的葬禮》得獎了、出版了，還成了暢銷書。

田母神聽到得獎的消息之後，才意識到自己犯的罪有多醜陋、多嚴重，嚇得不知所措。

如果書出版了，就會被笑門看到。

這麼一來，笑門就會發現自己寫的故事被他剽竊了。

笑門一定會看不起他。

他一想像笑門那親切的笑容變得僵硬、溫和的眼中浮現失望和輕蔑的神色，不禁抱著頭跪在地上。

我承受不了！

此外，如果笑門把他靠著剽竊別人作品而得獎的事說出去會怎樣？那他就真的毀了！

他不只沒辦法讓周圍的人們刮目相看，反而會被人指指點點，被人嘲笑。

聽到得獎的消息沒有讓他感到開心，只是令他越來越擔憂。

要去向笑門坦白嗎？

不，我說不出口。

還是要隱瞞得獎的事呢？

如果使用筆名，他就不知道是我寫的了。

不對，只要看到書名和大綱，他一定會看出這和自己寫的東西一樣。

笑門是書店店員，當然會看知名出版社的新人獎作品，更何況他也知道我投稿新人獎的事。

無論怎麼逃避，笑門都會發現真相的。

看來還是只能在得獎名單公開之前向他坦承並道歉了。

「可是……我做不到。」

田母神的雙手在胸前緊緊交握，深深低下頭。

他的聲音變得更沙啞，更顫抖。

「一想到要對笑門說出這件事，我就全身僵硬，喉嚨痛得像是被掐住，連聲音都發不出來。」

就在他深陷糾葛時，刊登評選結果的雜誌還是上市了。

新人獎的得主是田母神港一。

作品標題是《彼山書店的葬禮》……

看到評審評語稱讚設定有趣、情節精采，田母神更是難受到胃痛。

笑門一定發現他的醜陋行為了。

他很害怕遭到笑門批評。

「可是，笑門並沒有提起我剽竊他的故事設定，還是和平時一樣溫和地笑著說『恭喜你，我一直相信你總有一天會成為作家。你一定早就知道得獎的消息吧？怎麼都不告訴我呢？太見外了啦，讓我嚇了一跳呢……』。」

笑門的態度沒有讓田母神感到安心，而是令他更加痛苦。

笑門一定發現了。

但他為什麼不說？

為什麼不罵我？

為什麼不指責我是小偷？

還是說，他只是表面上掛著笑容，其實心裡很看不起我？

他會跟別人說我的得獎作品是偷來的髒東西嗎？

「我已經沒辦法直視笑門的臉了，所以我逃到了看不見笑門的地方。」

他靠著大獎的獎金搬到東京，開始在那裡定居。

《彼山書店的葬禮》如他所料地出版了，沒多久就決定要再版和改編成電影。一帆風順。

但這一切只是表面，他的心底一直害怕哪一天會有人指著他大罵小偷，說他的書是剽竊來的骯髒作品，他沒有一刻忘記過笑門的溫和笑容。

——田母神先生，恭喜你。

他的心中一再地反覆播放笑門面帶微笑說出這句話的模樣，耳中聽到的卻是笑門指責他「你偷了我的故事」的聲音，幾乎快把他逼瘋了。

《彼山書店的葬禮》越暢銷，他的罪證就散布得越廣泛，感覺就像有只尖銳的鳥嘴不斷地啃食他胸口的肉。

「我盡量不跟笑門聯絡，但他卻打電話來邀請我到幸本書店辦簽名會，還說『這是你答應過我的，你忘了嗎？』，所以我沒辦法拒絕。」

——謝謝你，大家一定都會很高興的。

笑門開心地向他道謝。

為什麼笑門不提我剽竊的事呢？不，或許是因為我逃到東京，他才沒辦法說。

那他這次邀請我去辦簽名會，就是為了指責我嗎？

他打算在最盛大的場合把我的行為公諸於世嗎？

「我真的很怕見到笑門。雖然我表面上是一位在大都市功成名就的作家，事實上卻是活在地獄裡，一直畏懼自己的罪行哪天會被揭發。」

設置在書店二樓的簽名會會場和一樓的一般書籍區，都堆滿了田母神的書。

尤其《彼山書店的葬禮》還被拿來當成宣傳圖片，所以店裡每個地方都能看到《彼山書店的葬禮》的封面。

他的西裝裡面全是冷汗，握筆的手冰涼，脖子一直是僵硬的。

笑門什麼時候會說出那句話呢？
笑得親切又溫和的那張臉龐何時會浮現輕蔑呢？
他會告訴大家坐在這裡的是個可恥的騙子嗎？

「但是笑門什麼都沒說。」

他在簽名會上一直面帶笑容陪在田母神身邊，聽到別人稱讚田母神，他開心得像是自己被稱讚一樣。

「那種情形……我實在承受不了！」

田母神撕心裂肺地大喊。
他的雙眼因充血而發紅，乾燥的嘴脣不停顫抖。
《紅字》的丁梅斯代爾牧師是個虔誠的清教徒，身邊的人們都很尊敬他，認為他是個聖潔而誠實的人。
而他卻和有夫之婦私通，還有了孩子。
女方被拉上刑臺示眾，受到嚴厲的批判，還被處罰要一直配戴著代表通姦的Ａ

字。

她堅持不肯說出孩子的父親是誰，一直帶著縫在衣服上的紅色A字工作、養育孩子。

逃過罪責的丁梅斯代爾牧師卻一天比一天更憔悴。

他沒有得到懲罰。

對他來說，這才是最殘酷的懲罰。

獨自一人時，他會鞭打自己的身體，一次又一次。

但是光憑這種方法並不能抹除他心中的罪惡感。

那紅色的A字不是用來彰顯罪婦的汙名，而是在警示丁梅斯代爾牧師犯下的罪。

你犯了罪。

但你卻厚顏無恥地戴著神職人員的面具，受到大家的景仰。

你這個下流的壞蛋。

他感覺自己受到紅色A字的譴責。看到那女人帶著逐漸長大的孩子，他就覺得自己像是活在地獄。

他被折磨了整整七年。

在臨死之前，他走上刑臺，主動向大眾展示刻在他胸前的紅色A字。

丁梅斯代爾牧師嚥下了最後一口氣，他因死亡而得到了救贖。

他的眼睛再也看不到紅色A字，他再也不用害怕了。

但是犯了罪的田母神還活著。

二十年來，他一直很痛苦、害怕……以及絕望。

就算遠離故鄉，就算不和笑門聯絡，笑門溫柔笑著的模樣還是一直留在他的心中。

比起憤怒或輕視，那清澈的笑容對田母神來說是更劇烈的毒藥、更殘忍的處罰。

逃跑，躲避。

躲避，逃跑。

他逃啊逃，不停地逃。

他不接笑門打來的電話，回覆郵件時也很公事化、很簡短，盡其所能地和笑門保持距離。

當他聽聞笑門和彌生子生了孩子時，他也不覺得高興，心裡想的只有：我一定得送禮物嗎？這樣笑門又會來電致謝，難道不能只寄一封電子郵件就好嗎？

——有空的話就回來看看我嘛。

笑門在電話裡這麼說的時候……

——喔喔……以後再說吧。

他只是含糊地這麼回答。掛斷電話以後，他的手和臉都變得冰涼僵硬，明日香天真地說著「真想去看看笑門先生的孩子」也令他十分焦躁，他臉色嚴峻地回答「截稿日快到了，沒辦法」。

明日香問他「你跟笑門之間發生了什麼事？」，他只是語氣冰冷地回答「沒什麼」。

他之所以接納了夢想在都市裡成為一名成功演員的明日香，和她一起生活，其實是因為明日香和他以前目中無人、敏感易怒的模樣很像，他希望藉著照顧明日香來減輕自己對笑門懷抱的罪惡感。

田母神把明日香看成另一個自己，因而希望明日香能遠離罪惡，單純地追逐自己的夢想。

可是看到明日香因為遲遲沒有闖出名堂而越來越不安，只會令田母神想起自己一直無法通過決選、每天過得鬱鬱寡歡的那段日子，他沒辦法幫助明日香，反而跟她漸行漸遠。

因為笑門的孩子那件事，兩人之間的氣氛越來越尷尬，最後明日香從他的公寓裡搬走了。

——和你在一起會讓我越來越不安，越來越頹廢。

她一臉哀傷地這麼說。

明日香離開以後，他為笑門的事而苦惱的時間就更多了。

在工作方面，雖然他能順利應付定期的邀稿，但銷售量從未超過他的出道作《彼山書店的葬禮》，每次聽到編輯和讀者說「請再寫一個像彼山書店那樣的故事吧」，他就痛苦得心如刀割。

一想起笑門的溫和笑容，他便會獨自在冷清的房間裡抱著頭，不斷懇求「原諒我」。

「我已經明白笑門不打算把我做的事告訴任何人，我更會一直想著笑門，一直受折磨。那跟地獄沒兩樣。」

看著田母神說著邊痛苦喘氣的模樣，水海、明日香、結的臉色都很凝重。

「在笑門過世前一天的白天，他突然打電話給我。他從孩子出生之後已經十多年沒跟我聯絡了，怎麼會突然打電話來？我嚇得心臟都快停了。」

——我看到簽名會的時候拍的照片，突然覺得很懷念，不知道你現在過得怎麼樣？

——當時人多得排隊排到店外，真是太厲害了。每個人都拿著你的書，笑得很開心。

——你不再回故鄉了嗎？我很想再跟你好好地聊書呢。

「笑門一定是真的這樣想。他是真的懷念我，很想再跟我當面聊天……但我卻做不到。隔了十幾年又在電話裡聽到他的聲音，我的心情卻混亂得像是颳起暴風雪，所以我對笑門說……」

──我不想見到你……！

──為什麼你不指責我是剽竊你作品的罪人？

──這二十多年……你對我只有笑容沒有指責，讓我受盡折磨。

──只要你還活著，我的心就不會平靜……！我一直都活在地獄裡！

電話另一頭的笑門沉默不語。

他大概是驚訝到說不出話吧。

只是喃喃說了一句……

──對不起。

他道歉了。

向田母神道歉。

悲傷地。

為什麼！為什麼要向我道歉！

明明是我對你做了過分的事！

笑門哀傷的道歉讓田母神的心更痛了。他掛斷電話，把手機砸在地上。

笑門晚上一個人留在店裡整理書本時從梯子跌下來，被書本敲到頭而意外身亡，就是隔天的事。

再隔一天……

田母神收到了笑門寄來的包裹。

放在A４信封裡的東西，就是田母神以前在幸本書店辦公室找到的手工繪本。

《最後一間書店》

看到用蠟筆寫的書名時，他頓時腦袋發燙，心臟痛得像被緊緊捏住。

幸本笑門這個善人到底要把我折磨到什麼地步才會甘願？

他以為把我剽竊的作品送給我，就能讓我安心嗎？

怎麼可能啊！

這樣只會讓我更痛苦！

我一點都不想看到自己的罪證。

我本想把繪本丟掉，但又做不到，就把它塞進書櫃深處，抱著頭大笑。

或許我終於發瘋了吧。

這樣說不定還比較輕鬆。

但是，後面還有更可怕的地獄在等待田母神。

他收到了幸本笑門的死訊。

就在田母神說出「只要你還活著，我的心就不會平靜」的隔天，笑門因為不幸的意外而過世了。

——對不起。

笑門哀傷的聲音在腦海裡響起，田母神的視野和身體猛然晃動。

那真的是意外嗎？

他不是因為我說了「你還活著我就不會平靜」才死去的嗎？

◇　◇　◇

「難道那傢伙……幸本笑門……不是因為我才死的嗎？」

田母神臉孔扭曲地向水海等人叫道，聲音宛如泣血。

他垮著肩膀，俯著身子抱著頭，懇求說「讓我死吧，我再也撐不下去了」。

和田母神曾是情侶的明日香眼中含淚，沉痛地把田母神摟在懷中。即使如此，也沒辦法讓田母神得到救贖。

「讓我死吧。如果我早點死，笑門就不會死了。是我害死了笑門。」

他口中不停地喃喃說著「讓我死吧」。

在充滿死亡氣息的灰色房間裡，水海的右手用力扣住左手手腕，力道大得幾乎瘀青，嘴脣顫抖地聽著田母神的自白。這時她終於忍不住發出怒吼：

「你有完沒完！店長是絕對不會自殺的！」

第四章

《論幸福》隱約而明確的效用

國中時期的水海是個膽小的女生。

晚上睡覺時，一聽到隔壁房間或樓上發出聲響，她就會嚇得跳起來，豎起耳朵專心傾聽那些叩兜叩兜、喀噠喀噠的細微聲音，在心中默默祈求聲音快點消失，就這樣一夜無眠到天亮。

每次發生地震，她都覺得這只是前震，之後恐怕還有更劇烈的搖晃，很擔心自己一家人住的公寓會倒塌，她和爸爸媽媽、弟弟全都會被壓死，因此在深夜悄悄地打開所有鎖住的窗鎖。

這麼一來，她又開始擔心半夜會有強盜拿著菜刀闖進來，怕得一整晚都裹在棉被裡發抖。

走在戶外時，如果有一滴雨水落在臉上，她就怕自己會感染嚴重疾病，皮膚整個潰爛，就連晴天也要撐傘。

只要身邊有人大聲說話，水海就會覺得那人好像在罵她，嚇得縮起身子。

手腕上長出一顆小痣，她會懷疑自己得了皮膚病，嚇得全身冰冷，拚命研讀關於皮膚病的書籍。

在家政課被菜刀割傷手指，她開始幻想自己得了破傷風需要截肢；咳嗽不停時，她又會懷疑自己的肺不正常，又猛讀醫療書籍；眼睛發痛、在陽光底下看到忽隱忽現的小灰塵時，她還會擔心自己是不是視網膜剝離，又跑去車站附近的書店查詢視網膜剝離的症狀。

舌頭長出小突起物久久不消，她就懷疑自己得了舌頭的重病；胸部好像有顆小瘤，她會不斷地觸摸檢查；胸口常有緊縮的感覺，她就懷疑自己得了心臟病，又會跑到書店找心臟病相關的書。

每當身體某處感到不適，水海就會被自己的各種假想情景嚇得半死，不得不跑去書店查資料。而且當時的水海老是睡眠不足、缺乏食慾，身體經常出現各種不適，每天都過得憂心忡忡。

水海會變成這樣，肇因於發生在她居住地區的大規模震災。可是震災已經過了一年，她身邊的人們都像以前一樣好好地過日子了。

只有水海老是為一些小事煩惱不已，動不動就跑去書店買醫療相關書籍，她都懷疑自己不正常了。

我好奇怪。我什麼時候才能變好？我會一直這樣下去嗎？

水海最常去的是車站附近的幸本書店。

離她家十分鐘路程的小書店在震災後就關閉了，現在那裡是一間便利商店。

除了那間書店以外，還有很多店家在震災後關門了。

水海很擔心，大家會不會全都搬去其他地方，那小鎮就變成空蕩蕩的了。

幸本書店是不是也會關門呢？

如果真是這樣，她以後該去哪裡買書呢？她就算想上網買書也沒有信用卡，還得請媽媽他們幫忙才行。

要在圖書館借新書又要排隊，常常都借不到。

而且這裡的圖書館很少添購水海想看的最新健康資訊相關書籍，國中的圖書館當然也沒有這一類的書。

如果幸本書店不在了，她就沒辦法調查疾病資訊了。

她懷著擔憂，來到住商混合大樓之間的三層樓狹長書店，一走進去就看到不少本地的客人，她頓時放心不少，心想書店短期之內應該還不會關閉。

一樓的櫃檯經常可以看到一位戴眼鏡、穿著印有店名的圍裙的溫和男人。

——歡迎光臨。

他對待客人總是掛著親切的笑容。

好像有很多客人都是來找他的，無論是老人家或小孩子都經常叫他「笑門先生、笑門先生」，而他都會笑瞇瞇地回應。

笑門先生應該是這間書店的店長。

水海走進書店時，店長像對待其他客人一樣笑容滿面地向她打招呼，但水海只會低著長滿痘痘的臉從櫃檯前蹣跚經過，走到疾病相關書籍的那一區。

她會在那裡待兩、三個小時，臨走時買一本書帶回家。

這類書籍比文庫本和漫畫更貴，光靠水海每個月的零用錢根本買不起，因此她還得靠著幫媽媽做事來賺取臨時收入，或是用存下來的壓歲錢做為補貼。

這一天她老是覺得有些反胃，擔心可能得了胃部的疾病，又開始翻閱有她想到的病名的每一本書。

水海每次身體不舒服，就只會拚命調查她能想到的病名，這是為了確定自己沒有生那種病，這樣她才能放心。

可是她越調查就會看到越多符合自己情況的症狀，反而令她更擔心了。

這種時候她的心胸都會痛得像被雙手用力絞緊，幾乎喘不過氣。

好痛。

好難受。

我可能真的生病了。

我可能會死。

不要。

好害怕。

當她雙手捧著書，低著頭緊閉雙眼，用力咬緊牙關時……

「這位客人，您不舒服嗎？」

擔心地詢問她的是那位戴眼鏡的店長。

店長請水海到裡面休息一下，她那天難受到沒有力氣拒絕，乖乖地跟他走到二樓的辦公室。

在灰色水泥牆圍繞的房間裡，有一個擺滿雜亂書本的書櫃，還有一幅奇妙的畫。

蔚藍海洋和灰色沙灘，還有一副雪白的鳥骨如墓碑般矗立。這幅畫有點寂寞，又有些恐怖。

她坐在沙發上臉色僵硬地抬頭望著……

「這是我父親畫的。他是前任店長，已經過世了。」

店長端著裝在茶杯裡的茶走過來，對她說道。

「標題是『滅亡』。」

「『滅亡』……」

這個詞彙令水海心中一驚，忍不住環抱自己的身體。店長把茶遞給了她。

水海戰戰兢兢地喝了一口。

好甜……

是焙茶嗎？

令人放鬆的味道。

溫度不會太燙也不會太涼，店長似乎調整了溫度，讓水海容易入口，她發冷的身體漸漸溫暖起來。

「客人，您經常來我們的書店買書呢，而且多半是醫療相關的書，您以後想做醫療相關的職業嗎？」

店長會問這件事，大概是要找話題跟她聊天吧。店長早就看出水海為什麼老是買關於醫療書籍，才會把水海請到這個房間。

水海縮著身體，不好意思地回答：

「不是……那個……我的身體經常不舒服，我每次都很擔心自己是不是得了重病，就會跑來查資料。」

「這樣啊。那您買的書有派上用場嗎？」

「……我也不知道。」

水海沒辦法爽快地回答「有」，又不能肯定地說「沒有」，變得更心虛了。

無論她買了多少書，還是會因為擔心其他毛病而跑書店。

就這樣一再重複。

她對活著這件事很害怕，怕得不得了，無法抑制地感到不安……

堆在房間裡的大量醫療相關書籍真的對她有任何用處嗎？真的治療得了她的問題嗎？

答案一定是「沒有」吧。

「那麼我今天就為您開一副藥方吧。」

店長用溫和的聲音說道，從書櫃裡抽出一本文庫本，遞給水海。

封面上用令人感到平靜的清淡色彩畫了一個長翅膀的天使孩童，書還挺厚的。

《論幸福》……？

店長瞇起鏡片底下的眼睛，對疑惑的水海說：

「我很喜歡阿蘭的《論幸福》，看過各種不同的譯本，這個版本是最好讀的，一看就能理解。如果您不嫌棄，就拿去看看吧。」

「那……錢呢……」

「不需要，這是我自己的書。」

「可是……」

「您讀完之後可以告訴我感想。不一定要整本看完，裡面有很多章節，只看自己有興趣的章節也很有意思。」

他笑著這麼說，水海說了聲謝謝，接過書本。那天她沒有買胃病的書，只帶了這本書回家。

她坐在自己房間的書桌前，翻開書本，看到裡面有九十三篇文章。

〈布賽法勒〉

〈憂傷的瑪麗〉

〈悒鬱〉

〈論死亡〉
〈打呵欠的藝術〉
〈脾氣〉
〈預知的靈魂〉
〈農人的快樂〉
〈關於絕望〉
〈在雨中〉
〈鬆綁〉
〈一種治療〉

〈精神保健〉

目錄列出了諸如此類的標題，而最後五個是：

〈幸福是美德〉

〈幸福是如此慷慨〉

〈保持快樂的藝術〉

〈關於保持快樂的義務〉

〈應當發誓〉

裡面有各式各樣關於幸福的論述。

水海先從第一篇〈布賽法勒〉開始看。

這篇散文提到亞歷山大大帝的軼事，青年時期的亞歷山大某天得到了一匹名馬布賽法勒，但是所有馬術師都沒辦法馴服這匹暴躁的馬。

後來亞歷山大發現，布賽法勒非常害怕自己的影子。牠害怕地跳起，影子也跟著跳動，牠又更害怕地跳來跳去，簡直沒完沒了。

所以亞歷山大把布賽法勒的鼻頭朝向太陽，馬就平靜下來了。

『有很多人聲稱恐懼是毫無根據的情緒，這些論述不乏有力的理由，但是恐懼的人根本聽不進這些理由，只聽得見自己奔騰的心跳和洶湧的血流。』

這樣啊，原來我就像布賽法勒一樣……那些話語輕輕地滑進水海的心中。

那種感覺非常奇妙。

如同一顆小小的藥錠從她的喉嚨滑入胃中，漸漸融化，那些話語也逐漸地滲透到水海身體的每一個角落。

原來我的膽小是有理由的，如同布賽法勒因為害怕自己的影子而躁動。

就像亞歷山大把布賽法勒的鼻頭朝向太陽讓牠平靜下來那樣，只要不看見影子，就不會害怕了。

會「害怕」是有理由的。

最重要的就是找出這個理由。

水海在心中反覆咀嚼著這些字句，接著又仔細而緩慢地讀了其他篇章。

『讓人幸福或不幸的理由多半不是什麼大不了的事，一切都和我們的身體及生理機能有關。無論身體多麼健壯，每天情緒都會由緊張轉而放鬆，由放鬆轉而緊張，而且經常會受到飲食、走路、注意力、閱讀、天氣狀況的影響。』

讀到這一段，讓水海鬆了一口氣。這樣啊……原來身體不適的問題在一百多年前也很常見啊……

人的情緒和健康會受到天氣、飲食及日常生活其他瑣事的影響，其實就只是這樣。

〈醫學〉那一篇也讓她得到了很多啟發。

『第一，必須盡其所能地維持滿足的心情。第二，關心自己的身體，必須確實地排除會對任何生理機能造成負面影響的事物。』

『在各民族的歷史中都有人因為相信自己受到詛咒而死。所謂的詛咒，就是要讓被詛咒的人知道自己受到詛咒才能成功。』

『也就是說，幾乎所有的生理障礙都是自己的擔心和憂慮造成的，而不是別人造成的。因此，最有效的治療方法就是不要對胃病或腎臟病抱持著多於實際情況的擔憂。』

詛咒對於不知道自己被詛咒的人是沒有效果的。

所以最重要的就是不要害怕。

不要因為擔心過度而對自己下了詛咒。

喔喔，原來是這樣。

是我自己詛咒了自己。只要停止這些擔憂就行了。

翻開封面，第一頁就能看到作者阿蘭的照片，他有一個大鼻子，看起來沉穩又溫柔。

水海覺得他有點像幸本書店的店長，在她閱讀文章的時候，彷彿一直聽到他用輕柔溫和的聲音對她說話。

書中還說要經常打哈欠，打哈欠對於想像出來的疾病有非常顯著的療效。

『人可以自發地伸懶腰、打哈欠，這是對抗不安和焦慮的最佳體操。』

『一打哈欠，就會停止打嗝。但是，要怎麼打哈欠呢？首先伸懶腰，然後假裝打哈欠，藉由模擬打哈欠的行動就能打出真正的哈欠。』

『我認為打哈欠和哈欠預告的睡眠一樣，對各種病症都是有效的。這也證明了我們的思想和疾病有很大的關係。』

水海認真地讀著，讀到後來開始想睡，真的打起了哈欠。

坐在椅子上伸直雙手，抬頭向上，嘴巴張大，這個動作令她非常放鬆、非常舒服。

◇ ◇ ◇

之後水海每天都會讀一下《論幸福》。

那本書簡直就像專門為她寫的，有很多她贊同的論點，許多字句帶給她鼓勵，她也得到了很多啟發，就像幸本書店的店長說的一樣，這是她的心靈最需要的藥方。

『我寫這篇文章時，外面正在下雨。屋瓦發出淅瀝聲。無數的小溝渠都在窸窸窣窣。空氣被沖刷乾淨，就像經過過濾。雲朵蓬鬆得像彈過的棉花。』

『我們必須學著欣賞這種美景。』

『有人說，雨水會毀了農作物。另一個人說，下雨讓到處變得一片泥濘。第三個人說，坐在草地上才舒服。』

『用不著說，大家都知道這些事。但是無論你怎麼抱怨，也沒辦法改變事實。』

『那樣你只會被埋怨之雨淋得溼透，就連躲在屋內都無法倖免。』

『下雨的時候會更想看到愉快的表情。所以天氣不好的時候更該快樂起來。』

下雨的時候更該開朗地笑！

去找出只有在雨中才能見到的美景吧！

這些話語漸漸驅散了水海腦袋裡的迷霧。

〈樂觀主義〉裡面的論述也成了水海新的人生指引。

『認為自己會病倒，就會真的病倒。覺得自己什麼都做不到，就會真的什麼都做不到。認為期望會落空，期望就會真的落空。』

『我可以在自己的心中營造出晴天或風暴。最重要的是先打造自己的內心，接著才能打造自己的周遭環境和社會。』

就算身處風暴之中，只要心中是晴朗的，那就是晴朗。

最重要的是先讓自己的心裡升起太陽。

要用開朗的心情相信自己「做得到」。

幸本書店店長為水海開的藥方非常有效，她不再像以前那樣動不動就為身體的小異狀擔心不已，晚上也能睡得很熟。

蒼白而長滿痘痘的臉龐恢復了紅潤，她早上洗臉時，雙手摸到的觸感變得很光滑。

她的姿勢變得端正，過去因為睡眠不足而發紅的眼睛恢復了明亮，沉重的眼皮更輕盈了，視野也變得清晰了。

她還是跟過去一樣頻繁地去幸本書店，但不是為了購買醫療相關書籍，而是為了和店長談論書本。

水海在說話時，店長都會眼神溫柔地專心聆聽，鼓勵她繼續說下去。

她讀完《論幸福》以後，店長又推薦其他的書給她，她買回去讀完，又會興奮地跑來幸本書店。

她最喜歡的、最特別的一本書，還是店長第一次推薦給她的《論幸福》。她會在每天睡前反覆閱讀，喜歡的段落都能背下來了。

在水海高中二年級時，最大的好運降臨了。

看到幸本書店的牆上貼出徵求打工店員的告示時，水海開心到全身發抖。

她在店裡繞來繞去地找尋店長，最後發現他在二樓童書區整理書本，就立刻跑過去說：

——請讓我在幸本書店裡工作！

她連時薪和其他條件都還沒仔細看過。

能在幸本書店和店長一起工作，是水海得到《論幸福》這個藥方以來一直抱持著的心願，如今終於能實現了。

就算要她當分毫不取的義工，她也會主動提議來幫忙的。

店長睜大了鏡片下的眼睛，溫和地笑了。

——嗯，那就有勞水海小姐了。

——是，我會努力的！

——不過妳必須先得到父母的許可才行。妳還是高中生，學校的課業也不能耽誤喔。

——沒問題的！我現在好開心，覺得自己什麼都做得到！

就這樣，水海開始在幸本書店工作了。

她每天都好開心、好愉快。

用美工刀謹慎地拆開沉重的紙箱，看到裡面擺放整齊的新書，就讓她興奮不已。把書拿出來擺上平臺時，思索著「要怎麼擺才能讓客人更容易看到？這樣能吸引客人注意嗎？」也讓她充滿期盼。

看到來買新書的高中生們開心地說著：

——太棒了！有耶！你看吧，我就說幸本書店一定有吧。

她就感到喜不自勝。

——我是看到店裡的廣告看板才買這本書的，很好看喔。

聽到客人這樣說，她就開心得簡直要飛上天。

水海第一次看到辦公室裡掛的那幅「滅亡」時害怕得發抖，但是開始在書店打工後，又在辦公室看到那幅畫，她反而覺得很懷念、很溫暖。

而且，她還覺得那幅畫很美。

——店長父親的畫很漂亮呢。

水海這麼說，店長也瞇起眼睛微笑著回答：

——嗯，我也這麼覺得。

水海覺得自己和店長的心靈是相通的，全身都充滿了幸福的情緒。

——我爺爺想要當作家，我父親想要當畫家或演員，不過他們兩人都很早就過世了，沒機會實現心願。

——店長小時候的夢想是什麼呢？

他想了一下，露出燦爛的笑容說：

——我一直想開書店。

店長說自己從懂事以來一直圍繞在書本之中，愛書愛得不得了，所以想要幫助書本和人建立連結。

他經常這樣說，水海也總是懷著幸福的心情聽著。

考上本地的大學以後，水海還是繼續在幸本書店打工。到了求職的時期，店長說：

——如果妳想在本地找工作，店裡的客人之中有社長和人資，我會幫妳問問看的。

但是水海果斷地回絕了。

——不用了，我畢業以後也要在幸本書店工作。

——我很感謝妳啦……不過我們書店的營收不多，不管妳再怎麼優秀都沒辦法聘請妳當正職員工喔。

店長露出猶豫的表情。

所以……

——反正我可以住在家裡，不需要擔心薪水的事。而且我也打算考稅務師的證照，得好好地學習。

學習稅務是為了避免店長擔心的附加條件，店長總算答應讓她大學畢業以後繼續在幸本書店打工。

——妳什麼時候想辭職都沒關係，隨時都可以提出。畢竟我也不知道這間書店可以維持多久。

由於電子書和網路書店的競爭，使得書店的生意越來越差。幸本書店已經是鎮上最後一間書店了。

店長沒有繼承人。

聽說他的太太和兒子都在震災中過世了。

年邁的員工告訴水海這些事時，眼角還泛著淚光。

——笑門先生的兒子叫做未來，只有六歲……正是最可愛的時候。

——他太太彌生子的第一胎流產了，醫生還說她恐怕沒辦法再生孩子了，所以未來出生的時候，笑門和彌生子都非常高興呢。沒想到後來會發生那種事。

——未來很喜歡看書，他經常坐在童書區的地毯上開心地讀書，和笑門先生小時候一模一樣。

——他還會用可愛的聲音說「我長大以後要像爸爸一樣開書店！」……笑門先生聽了就笑得好開心。他真是個體貼的孩子。

店長把奇蹟般生下來的孩子取名為「未來」，或許是夢想著幸本書店在未來也能延續下去吧。

希望身為第三代店長的自己過世後，還會有第四代、第五代、第六代……一直延續下去。希望自己的血脈可以一直在這片土地上幫助書和人建立連結。

但是，那場震災奪走了一切的未來。

即使如此，店長還是溫柔地微笑著說：

——只要我還活著，這間店就會繼續營業。如果這間書店沒了，會有很多人感到困擾的。

店長似乎很久以前就知道，遲早有一天鎮上所有的書店都會消失。即使他如此確信，卻沒有怨嘆和恐懼，也不怨天尤人，還是誠懇地做著自己被賦予的工作。

在結束的一天到來之前，一直忠實地做下去。

真想一直待在店長的身邊。

這種感覺是戀愛嗎？

每次店長對她微笑，她都會感到無比雀躍。聽到他叫她「水海小姐」，她就覺得開心又自豪。除此之外，她也很希望自己能分擔店長的孤獨。

開始在幸本書店工作後，她才知道店長藏在心中的悲傷和悽苦，但店長還是帶著柔和的微笑誠懇地過日子，對書本和人都懷著含蓄的深情。他的這一切都體現出了他推薦給水海的藥方《論幸福》。

店長的生活態度、話語，用微笑藏起悲傷的堅強、溫柔、深情，都成了水海的人生範本。

這是戀愛嗎？
和戀愛很像，但是更加強烈。
水海自己也搞不懂。
她只想盡可能地一直待在店長身邊，想用所有的力量去守護幸本書店和店長。
她不願去想這一切都會有結束的一天。

◇ ◇ ◇

「店長是絕對不會自殺的！」
水海用盡全身力氣，朝著在沙發上抱著頭的田母神大喊。
田母神說「笑門不是因為我才死的嗎？」，為此苦惱不已。這麼離譜的事怎麼可能嘛！
「您使用店長的設定寫的小說成了暢銷書，店長也沒說什麼，或許是對您的體貼吧，不過店長絕對不會因為這種事而生氣的！或許他反而會為您用他的點子寫的小說大受歡迎而感到高興呢！我認識的幸本笑門……我認識的店長，就是這樣的人！」
田母神、明日香，還有店長託付了店裡所有書本的眼鏡高中生都注視著水海。

田母神一臉苦澀，明日香表情悲傷，結則是用平靜的眼神看著她……
在結的身後掛著被棄置在海邊的鳥骨的圖畫。
沉靜的、寂寞的、美麗的畫。
「我在震災之後變得很膽小，每天滿腦子想的都是恐怖的事，那些想像把我逼得連活著都覺得很可怕。我隨時都在擔心，明天是不是會發生什麼壞事。那時店長為我開的藥方就是阿蘭的《論幸福》！店長說他很喜歡《論幸福》，還看過各種不同的譯本！」
辦公室的書櫃上有五本和水海手上那本不同版本的《論幸福》。
店長在休息時間或晚上留下來時，都會看那座書櫃裡的書。他一定讀過《論幸福》很多次。
「這本書教導人要如何得到幸福，譬如擺脫由想像造成的疾病的方法，讓雨天變成晴天的方法……有各式各樣的方法！光靠想像力是沒辦法讓人得到幸福的！想像力無法創造什麼，只有行動才能創造！認為自己就是這樣、什麼都做不到，這種想法等於是在詛咒自己！追悔過去的種種事情而感到悲傷，根本沒有任何幫助，反而對人有害！後悔就是第二次犯錯！覺得悲傷就該找出真正的原因！」
水海極力喊道，嗓子都快喊啞了。
就像水海從《論幸福》的論述得到鼓勵一樣，店長在受挫的時候、被悲傷襲擊的時候，一定也會從書櫃拿出《論幸福》來讀。

他就是這樣克服悲傷，露出微笑的吧。

笑得瞇起眼睛，柔和又體貼。

就如同他第一次在辦公室泡茶給水海時般，掛起無比溫暖的笑容！

「如果不想過得幸福，是絕對不可能幸福的！所以一定要渴望幸福，努力地打造幸福！」

水海認識的店長就是這樣生活的。

「會推薦別人這種書的人，是絕對不可能自殺的！」

田母神皺緊眉頭、咬緊牙關，聽著水海說的話。他深深刻劃著疲憊和苦惱的臉上一再浮現絕望、否定和懷疑。

但是笑門死了。

就在我對他說了那些過分的話的隔天。

之後我就收到了他寄來的那本手工繪本。

田母神痛苦顫抖的嘴唇彷彿隨時會喊出這些話語。

此時，一個清澈的聲音說：

「圓谷小姐說得沒錯。」

轉頭一看，戴著大眼鏡的高中男生——榎木結——流露出和店長很像的表情。

他站在那幅命名為「滅亡」、畫著海洋沙灘和鳥骨的圖畫前，眼神令人訝異的沉著與睿智。

「笑門先生沒有自殺。我知道笑門先生死亡的真正原因，我現在就告訴你們。」

《最後一間書店》的漫長結局

終章

我遇見的《郵差的故事》

我和幸本笑門的相識是在漫長的夏天剛過、涼爽的秋風開始吹拂的時候。

那一天是假日，我坐在飄著桂花香的公園長椅，晒著明豔的陽光，把淡藍色的薄書放在腿上，和「女友」說話。

——聞到桂花香就覺得很有秋天的氣氛呢。夜長姬聽得到我們的聲音，那也聞得到味道嗎？

——抱歉，抱歉，我不是小看妳啦。

——這樣啊，要把香木放進聞香爐裡加熱，聞爐裡飄出的香味啊？夜長姬果然是個公主呢。

——啊？香道的十德？黃庭堅說的？他是中國的詩人吧？唔……我沒聽說過呢。

——感格鬼神？聞香能讓人的感覺像鬼和神靈一樣清澄啊……

——靜中成友……這是說寧靜就像朋友一樣吧。夜長姬懂得真多。

——不是啦，我不是說妳老啦。老舊或衰老什麼的，絕對沒有這種事。

——真的啦。我更喜歡已經翻閱過幾次、變得柔軟的紙張，稍微泛黃的紙也比較好讀。封面稍微褪色才有味道，這樣才像「我的書」嘛。

——不是啦，說是泛黃，也要拿得很近才看得出來，不是那麼明顯的黃色啦。

——嗯，嗯，就算再過五十年、一百年，夜長姬永遠都是那麼漂亮、那麼可愛。

——啊？可以在這裡讀嗎？妳不是經常抱怨被陽光照到會變色嗎？

——我當然隨時都想翻妳，想讀妳。可是妳明明那麼討厭太陽……

——不，我很開心。謝謝妳。

——那我就盡量遮住妳，不讓妳被陽光照到。

趁著四下無人，我和可愛的女友說起綿綿情話。平時冷淡的她今天難得給了我這麼寶貴的甜頭，我正在桂花香中享受秋天的約會時，突然聽到後方傳來踩踏落葉的沙沙聲。

回頭一看，有個戴眼鏡的男人站在長椅後面睜大眼睛。

啊，竟然有人。

我聽著夜長姬冰冷、稚嫩又可愛的聲音聽得太專心了，完全沒發現有人走過來。

那人鐵定聽到我說話了。

雖然我是在和女友約會，遺憾的是我自然就能聽到書本的聲音，而別人卻聽不到。

他一定覺得我是個獨自坐在公園長椅上自言自語的怪胎。

唉，真是疏忽了。

我在學校已經差不多被定型成這種人了，同學就算看到我跟書本說話也只會調侃「榎木的中二病又發作了」、「你可以看輕小說嗎？會被老婆詛咒喔」，但我在其他地方都會很小心地避免在別人面前和書本說話。

我是不是讓他覺得噁心了？

不，這人看起來很親切，他或許是擔心我吧，說不定還會問我「你是不是有什麼煩惱」。

算了，反正我經常犯這種錯，就像平時一樣笑著敷衍過去吧。

可是這個人沒有問我「是不是有什麼煩惱」，也沒有問「你在跟誰說話」。

他一臉驚訝地說：

——難道你也能和書本說話嗎？

這是我第一次被人這樣問。

他說的是「你也」。

照這樣看來，這個戴著眼鏡、睜大雙眼凝視著我的人也能和書本說話。

——咦！「你也」聽得到書本的聲音嗎？

我激動地反問他。

那男人開心地微笑著說：

——不，我不能清楚地聽到聲音，只是不知怎的就能「理解」。但是你聽得到吧？「她」的聲音。

他用非常溫柔的眼神看著我手上的淡藍色薄書。會用這種眼神看著書、打從心底愛著書的人，一定是個好人！

——是的！「她」是我的女友，叫作夜長姬。旁邊沒人的時候，我們經常像這樣說話。我叫榎木結，讀附近的高中，現在是高一。

我做了自我介紹以後，那人的表情更開心親切了。

——我叫幸本笑門，是來這裡出差的。

笑門先生在東北地區的小鎮經營書店，身兼老闆和店長。

——您是開書店的啊！真好耶！書店裡的書本很愛說話，非常熱鬧喔。尤其是平臺上的新書都像剛出生的雛鳥一樣叫著「讀我！讀我！」。

——是啊，我了解。剛送來的新書感覺都很興奮，讓人忍不住想要拿起來讀。一翻開封面就能感覺到歡欣喜悅的氣氛。

——是啊！就是這樣！新發售的書本就像充滿好奇心的孩子等著別人來讀，只要被人拿起來，就會開心地黏著那人，真是太可愛了。哇！夜長姬，不、不是啦，我沒有劈腿啦，我只是覺得那樣很天真很可愛，不是妳說的那種「可愛」啦！對不起，請不要詛咒我！

笑門先生面露微笑，看著我拚命地向用冰冷語氣指責我的夜長姬道歉。

——對不起，我的女友很愛吃醋，她不喜歡我提起其他的書。

——那還真辛苦呢。你的女友一定很愛你，而且自尊心也很高。正如她的名字夜長姬，她真像一位公主。

——是啊，她是我最重要的公主殿下。

聽到我和笑門先生的對話，夜長姬的心情似乎好轉了。而且像笑門先生用如此溫柔的表情談論書本的人，書本怎麼可能不喜歡他呢！

我和他後來繼續坐在長椅上聊了很久。

——笑門先生，理解書的心情是怎樣的感覺啊？書本高興的時候會閃閃發光嗎？

——不，我只是很自然地感覺到書好像很高興……或是很寂寞……事實上或許不是這樣吧。我真希望能像你這樣聽得到書本的聲音，能和書本說話。

說完以後，他露出微笑。

——啊，不過我如果把手心貼在書的封面上，書本高興的時候，我的手心就會感到暖暖的。

——手心？

——是啊。相反地，如果書本覺得難過，我的手心就會感到冰冷。

我也試著把手心貼在夜長姬的封面上。

她生氣地罵道「不要突然用沾了汗水的手摸我，先用肥皂把手洗乾淨，再輕輕地摸」。她的語氣聽起來有些害羞，真是可愛。

不過我沒有感覺到特別溫暖或冰冷。

——唔……我好像摸不出來耶。雖然您聽不到書本的聲音，但是光用摸的就能感覺到書本的心情，真的好厲害。您是從什麼時候有這種能力的？我自己是一出生就能聽到了。

姊姊說過，我在嬰兒時期就會「達達」地跟書本說話，感覺很詭異。也罷，在北海道讀醫大的姊姊平時說話就很不客氣……

——我應該也是從小時候就有的吧。我父親是書店的第二代店長，母親在生下我之後就過世了，所以父親都會把我帶到書店裡，我幾乎整個童年都是在書店裡度過的。我的身邊有很多書本，有些摸起來溫暖，有些摸起來冰冷，我一直覺得很奇怪。

笑門先生在十歲的時候遇見了一本書。

——那是卡雷爾．恰佩克的作品集《郵差的故事》。和書名同名的故事裡有一些小矮人，他們一到深夜就會在郵局裡幫忙，而且他們不用打開信封，光是用摸的就能知道信件的內容。

『我們只需要摸摸信封，如果信裡寫的東西沒有感情，摸起來就會冷冰冰的，如果信裡寫的東西充滿感情，摸起來就是溫熱的。』

『而且只要把信封貼在額頭上，我們就能讀出信裡的每一字每一句。』

郵差科爾巴巴先生聽到小矮人說的話，也拿起信封，喃喃地說：

『這封信摸起來溫溫的，但是那封信摸起來更熱。那一定是母親寫給孩子的信吧。』

——我看到這個故事之後就懂了。喔喔……原來是這樣啊……所以我的手感到溫暖時，書本是開心的；如果感到冰涼，書本是悲傷的。

笑門先生笑著說，可惜他就算把書貼在額頭上，也沒辦法聽到書本的聲音。

——如果我是科爾巴巴先生，那你應該是小矮人吧。就像科爾巴巴先生能遇到小矮人是很幸運的事，我今天認識了你也是一件幸運的事。

——嗯！我也是！能遇到像笑門先生這麼了解書本心情的人，我也很開心！

我們互相交換了聯絡方式。

——您下次來東京的時候一定要通知我喔！再一起聊書吧！

——好，我一定會。你有空的話，也請來我們書店玩，和書本說說話。

——哇！我要去！我很期待！

之後我和笑門先生經常聯絡，他來東京的時候，我一定會安排時間跟他見面。笑門先生告訴了我很多事。

譬如他的奶奶夏女士在戰後創立了書店；他體弱多病的爺爺想當作家；很會朗讀書本、受到小孩喜愛的父親兼定先生想當畫家或演員；還有他的太太、兒子在震災中過世的經歷……

此外還有他的朋友，作家田母神先生的事。

一起在書店工作的人們的事。

笑門先生的書店是鎮上最後一間書店的事。

——幸本書店恐怕會在我這一代結束。

——就像地球至今有很多生物滅亡了或進化了一樣，書本和書店或許也正在進化的過程。

——現在的形態或許無法繼續生存，逐步邁向滅亡……

連我也知道，這幾年紙本書的出版量銳減，電子書的銷售量漸增。

我也知道看書的人越來越少了。

一想到書本或許會消失在這個世界上，我就覺得非常寂寞，彷彿身體裡面出現一個大洞。

我身邊那些能自然對話的眾多朋友或許會消失。那真是太令人擔憂、太可怕了。

深深愛著書本的笑門先生也是一樣的。

但是笑門先生說起這些事的時候並不難過，而是平靜又溫柔。

幸本笑門先生就是這種人。

——當然，書本完全改變型態會是很久以後的事，而且我只要還活著，就會繼續經營幸本書店。

他語氣柔和地做出這個結論。

我在剛過年的時候突然接到了他的通知。

不是電子郵件，而是特地打電話來。我本來猜想「是打來恭賀新年嗎？還是要來東京辦公？」，結果他用平靜的語氣告訴我：

——書店可能就快關門了。

笑門先生說的話帶給我極大的衝擊，也令我非常難過。

那個時候，笑門先生託付給我一件重要的事。

◇　◇　◇

「笑門先生得了腦瘤，已經是末期了，醫生說他剩下的時間頂多只有半年。」

夜已經深了。

平時我在這時間早就睡了，現在卻清醒得很。我想現在房間裡所有的人一定都一樣吧。

打工的圓谷小姐、作家田母神先生、女演員明日香小姐，三人都不敢置信地看著我。

我聽到笑門先生說出這件事的時候一樣不敢相信，也不想相信。

我第一次遇到能理解書木心情的人。

這麼溫柔的人……這麼安詳、心靈這麼美麗的人……竟然半年後就不在世上了。

「笑門先生就是因為這樣才會找律師立遺囑，指定他過世之後要把幸本書店所有的書交給我處理。可惜他發生了不幸的意外，在我預定來書店的日期之前就過世了。」

「店長……得了腦瘤……？」

圓谷小姐表情僵硬地喃喃說道。

圓谷小姐很仰慕笑門先生，而且她在幸本書店打工那麼久，受到的打擊一定更大，我在一旁看得心都痛了。

可是，笑門先生得了腦瘤的事實可以證明他的死不是因為自殺。

「笑門先生會發生意外，是因為站在梯子上整理書本時突然症狀發作。他跟我說過，他不時會出現嚴重的頭痛。他在梯子上搖晃了一下，急忙抓住書本，梯子倒了，書本紛紛落到他頭上，其中一本打中了他的要害，而且倒地時頭部還撞到平臺的尖角，造成了致命傷……笑門先生沒有自殺。就像圓谷小姐說的一樣，幸本笑門這個人無論有任何理由都不可能自殺的，那只是一件不幸的意外。」

——是誰殺了笑門先生？

我詢問了感嘆說著「我們竟然殺了這麼仰慕、這麼重視的人」的書本們，結果聽到了這個答案。

「怎麼會……可是笑門還先寄給我那本繪本，然後才……」

田母神先生皺起眉頭，好像不太相信。

他一直認定自己應該為笑門先生的死負起責任，那沉重的罪惡感逼得他也打算尋死。

當我還在找尋在廁所割腕的田母神先生時，他走過的通道上的書本都在嚷嚷。

那個人打算自殺。

很危險。

他進廁所了。

快一點。要帶上能撬開鎖的工具。

他想要尋死。

要死了。

要死了。

要死了。

「笑門先生會突然打電話給您，是因為他聽了醫生的報告，知道自己活不久了，因此想跟您這位好友見面。笑門先生一直很在意您疏遠他的事，他一直期望可以再像從前一樣跟您暢談書本。」

——田母神先生是跟我同鄉的作家，還在我們書店辦過簽名會，客人都排隊排到店門外了……那時客人和書本都好開心、好興奮……那是我最自豪、最快樂的回憶。

「……笑門怎麼可能這樣想！我靠著剽竊他的故事得了獎，而且連一句道歉的話都沒說就逃走了！」

田母神先生淒厲地喊道。他扭曲的臉上充滿了懷疑和懊惱。

我該怎麼做才能讓他明白？

要怎麼讓他明白笑門先生的心情和期望？

「笑門先生跟我提到您的時候不是這樣說的。他說您一直很認真創作，他相信您一定會當上作家，所以後來您的願望實現，回來幸本書店辦簽名會的時候，他真的為您感到驕傲又開心。」

「怎麼會……怎麼可能……」

「圓谷小姐剛才說了，笑門先生反而會為您用他的點子寫的小說大受歡迎而感到高興。我也是這樣想的。」

「……」

「因為您為這件事感到自卑，刻意疏遠笑門先生，所以笑門先生也顧慮您的心情，什麼都沒說。他會把自己畫的繪本寄給您，或許就是不希望繪本在自己過世之後被其他人看到，才會送給您當紀念品吧，這樣說不定能和您恢復以前的關係。」

要怎麼做才能修補笑門先生和田母神先生已經扭曲、卡死、嚴重受損的關係？要用什麼話語才能釋放田母神先生被罪惡感束縛的心？

我到底該怎麼說？

「別再說了！」

田母神先生的慘叫響徹了灰色的房間。

他推開明日香的手，跪倒在沙發前，粗重地喘氣，目光渙散地喊道：

「拜託，別再說了！那些都是你們過度樂觀的猜測！笑門到底在想什麼，為什麼不責備我偷了他的創意，為什麼能露出那麼清澈的笑容……我一直想，一直想，一直想個不停……還是想不出來。我不懂，一點都不懂！你告訴我啊，笑門，笑門！」

田母神先生的語氣和表情全是絕望。

現在的田母神先生已經聽不進我的話了。如果不是笑門先生說的，他絕對不會相信，可是笑門先生已經不在了。

田母神先生持續地呼喊著那個人。

「笑門，笑門！」

此時，我聽見一個細微的聲音。

港一先生。

聽起來像是幼童的聲音……

從哪裡傳來的？

不是這樣的，港一先生。那稚嫩的聲音努力地呼喚。

爸爸和我都沒有生你的氣喔。

我屏息傾聽著。

聲音是從那幅命名為「滅亡」的美麗圖畫下方的藍色收納箱傳來的。

就是收藏《絕種生物圖鑑》樣本書的那個箱子。

來讀我吧，港一先生。

這樣你就能聽到爸爸說的話了。

稚嫩的聲音熱切地不斷說著。

我直視著田母神先生說：

「田母神先生，如果您認為我說的都是猜測，那就讓笑門先生來對您說吧。」

田母神先生扭曲著臉孔，像是聽不懂我在說什麼。

明日香小姐和圓谷小姐也很困惑。

我轉身背對田母神先生等人，蹲在地上，打開藍色收納箱。

聲音的來源從藍色箱子裡回望著我。

厚紙板做的封面，水藍色蠟筆寫著書名《最後一間書店》，世上僅有一本的繪本。

果然是你啊。

能不能請你幫我的忙呢？

我在心中默默說道，一邊用雙手輕輕捧起自製的薄書。

「榎木，那個難道是……」

圓谷小姐說道。

笑門先生的另一個孩子在我的手上說著「謝謝你找到了我」。

「可是，店長不是把那本書寄給田母神先生了……」

圓谷小姐望著繪本喃喃說道，明日香小姐也用疑惑的眼神看著田母神先生。

田母神先生看到我從箱子裡拿出笑門先生的繪本似乎大吃一驚。

「田母神先生，這是您放回箱子裡的吧？」

聽到我這麼問，圓谷小姐才恍然大悟。

多半是田母神先生白天被邀請到辦公室，趁著圓谷小姐出去泡茶時，把藏在公事包裡的繪本放進箱子裡。

田母神先生來到幸本書店的目的就是要歸還繪本。

「……不要讓我看到那本書！」

田母神先生轉開了臉，我說：

「不行，請您仔細地讀，而且要讀到最後一頁。笑門先生寄給您的這本繪本裡面有您一直想知道的答案。請您收下吧。」

田母神先生僵硬地轉頭看著我。

他瞄了繪本一眼，又痛苦地別開視線。那個小男孩的聲音又叫道：

港一先生。

爸爸會寫出我，是因為醫生說媽媽以後可能沒辦法生孩子了……

爸爸安慰媽媽說，沒有孩子也沒關係……其實爸爸的心裡也很失望……

爸爸一邊想著，書店或許會在自己這一代結束，一邊寫出了我……

「笑門先生之所以會畫這本繪本，是因為太太的第一胎流產了，醫生說她以後可能沒辦法生孩子了。」

田母神先生的肩膀猛然一顫。

我懷著悲傷的心情轉述著那童稚的聲音努力說出的話語，以及那幼小書本看到的笑門先生。

「當時笑門先生覺得幸本書店或許就要在自己這一代結束了。就像他的父親兼定先生在死前留下了一幅畫，笑門先生也是因為想到了幸本書店關門的那一天而創作了這本繪本。」

或許是為了排解悲傷吧。

因為他不想在太太面前表現出難過的樣子。

爸爸一邊寫我，一邊笑著說「寫得真糟」。

他一直笑，一直笑，說「我的圖畫和文章都完全不行哪」。

「這不是懷著創作的野心和熱情而寫出來的東西，而是笑門先生為了整理自己的心情而寫、不打算公諸於世的作品。」

田母神先生會為了剽竊笑門先生的設定而深受罪惡感折磨，是因為田母神先生身為創作者。

因為田母神先生從頭到尾都是用創作者的立場去揣測笑門先生的心情。

所以才會產生誤解。

「如果笑門先生和您一樣是立志走創作這條路的人，他一定不會原諒您的行為，一定會公開說那是自己的作品。可是，笑門先生並不想要當作家，他對自己寫出來的作品沒有半點執著。」

所以他才會嘲笑自己說「寫得真糟」。

光是能寫出東西就令他很滿足了。

「請您讀讀看吧，這樣您就會理解了。」

讀我吧，港一先生。

翻我吧。

我用雙手把厚紙板封面的冊子遞出去，雙眼直視著田母神先生。他終於接了過去，慢慢地翻開封面。

『這個村莊裡只有一間書店。』

『一開始本來有三間書店，後來一間一間地關閉了，到最後只剩下一間。』

繪畫和文章都拙劣得像是小孩的作品。

田母神先生翻著圖畫紙時，一定想起了往事。他瞇起眼睛，一副難受又悲傷的樣子。

港一先生，爸爸經常說你很厲害喔。

竟然可以把這麼差勁的故事改寫得那麼動人。

港一先生真的好厲害。

才華洋溢，是個很棒的作家。

田母神先生聽不見那蠟筆畫的書頁發出的稚嫩聲音。

但那聲音聽起來好開心。

能被「爸爸」極力讚美的「港一先生」翻閱，讓他幸福得不得了。

他用可愛的聲音不斷說著：爸爸說港一先生怎樣怎樣，爸爸說很喜歡港一先生小說的這個地方，爸爸經常開心地讀著港一先生的書。

爸爸最喜歡港一先生了，港一先生是爸爸重要的朋友，是他引以為傲的作家。

說到一半，那聲音突然變得消沉，哀傷地說：

爸爸說「對不起」。

爸爸一邊準備把我寄給港一先生，一邊說「對不起，我應該更早這麼做的」。

他一直說著「對不起，對不起」。

——對不起，港一，對不起。

田母神先生明明聽不見他的聲音，眼睛卻漸漸溼潤。

他讀完了最後一頁。

厚紙板上有簽字筆寫的字。

『謹將此繪本獻給田母神港一先生。

謝謝你為這差勁的作品注入生命，賦予它美麗的色彩和光輝。我的心裡只有喜悅。』

我的心裡只有喜悅。

這就是笑門先生最想告訴田母神先生的事。

他的心裡只有喜悅。

自己畫的拙劣繪本被寫成那麼美好的作品。田母神先生當上作家之後在幸本書店辦簽名會。客人都開心地拿著田母神先生的書，排隊排到店門外。

這一切都是非常燦爛美好、令他開心不已的事。

「笑門……！」

田母神先生抱著繪本痛哭。

他說著「對不起」，哽咽地叫著笑門先生的名字，把繪本緊抱在胸前，淚水不停地落下。

港一先生，不要哭。

爸爸和我都很喜歡港一先生，所以不要哭了。

我的腦海浮現一個小男孩哭喪著臉，但還是摸著田母神先生的頭的景象。

那個男孩長得很像笑門先生。

「您雖是盜用笑門先生的設定而當上作家，但是您後來能持續當二十年的作家，完全是靠自己的能力，所以請您要對自己有信心。還有，請您以後繼續當作家，這樣才是對笑門先生最好的道歉方式，最能安慰他在天之靈。」

田母神先生雙手摀著臉，低著頭，壓抑的哭聲漸漸平息，變成了啜泣。明日香小姐把手搭在他的肩上，抱緊了他。

笑門先生今後在田母神先生的心中想必還是代表著他的罪，他一定還是會為自己說了那麼過分的話而後悔……

受罪惡感苛責的日子一定會再延續下去。

即使如此，希望他還是能繼續創作。

因為這是笑門先生的心願。

圓谷小姐用力握緊雙手，彷彿也在壓抑著哀傷衝動和糾葛。

她的表情僵硬又嚴峻，但看起來比她平時活力充沛的樣子更脆弱。

她大概想到了笑門先生吧。

想到了他短暫的生命，以及他一再和心愛的人離別的命運。

想到了他獨自待在掛著「滅亡」那幅畫的房間裡，在手工繪本寫下道別話語給朋友的心情……

他想必很難過。

但他一定還是會露出微笑。

圓谷小姐沒辦法像田母神先生那樣哭叫，而是咬著嘴脣默默忍耐。

我從圓谷小姐的面前走過，從笑門先生的書櫃裡抽出一本書。

「對我來說，笑門先生就像科爾巴巴一樣。」

我對睜大眼睛的圓谷小姐輕聲說道。

因為我也想聊聊笑門先生的事。

和笑門先生喜愛的《郵差的故事》一起聊聊。

「出現在這本書裡的科爾巴巴先生是一位郵差，他遇見了深夜在郵局裡幫忙的小矮人，小矮人告訴他，用熱情寫出來的信摸起來是溫熱的。」

圓谷小姐垂下眉梢聽著我說話。

「有一天科爾巴巴先生拿到一封沒寫姓名住址、也沒貼郵票的信，沒有地址的信是沒辦法寄送的。但是，那封信摸起來非常燙。」

科爾巴巴先生問小矮人能不能看到信的內容，小矮人把信封貼在額頭上，就說這是一位叫做法蘭克的青年寫給少女瑪任卡的求婚信。

『如果妳願意，我們就結「昏」吧。如果妳現在還喜歡我，請一定要立刻回「復」我。』

科爾巴巴先生很希望這封信能寄到。

於是他下定了決心。

『我要找出那個女孩的住處。無論要花多少年，就算要走遍全世界，我都要找到她。』

「科爾巴巴先生展開了漫長的送信之旅。他花了一年又一天，終於把信交到瑪任卡的手中。」

笑門先生把手心貼在書的封面上，就能理解書的心情。

就像科爾巴巴先生一樣。

但是他們相像的地方還不只這樣。

「笑門先生由衷地希望把溫暖的書本送到需要的人手上。」

笑門先生曾經帶著溫柔的眼神說，書溫暖的時候就是開心的時候，那是幸福的書。

他希望店裡的書全都是溫暖的。

他希望把幸福的書交給客人。

「就算要花一年又一天，甚至更多時間，他也想把溫暖的書送出去。他就是這樣把無數的書本帶給了鎮上的居民。」

「結束了漫長的送信之旅後，科爾巴巴先生是這麼說的……」

『我帶著這封信到處走，走了一年又一天，但我的辛苦是值得的，因為我看到了捷克的很多城市。我去了皮爾森、霍日采，還去了塔博爾。這真是個美麗的國家。』

「跑遍全國的辛勞彷彿都煙消雲散了，既安詳，又悠閒。能看到這麼美麗的城市和風景就已經很值得了。在我的心目中，幸本笑門就是這樣的人。」

書店和紙本書都正在緩慢地走向滅亡。

笑門先生很早就失去了雙親，後來又失去了太太和孩子，自己還得了腦瘤，生命僅剩無多。

即使如此，他還是溫和地笑著說「只要我還活著就會繼續經營書店」。

他流露清澈的眼神，悠閒地、輕鬆地把溫暖的書帶給來到店裡的人們。

當書店店員並不是笑門先生自己的選擇，而是因為他出生在經營書店的家中，這只不過是必然的結果。

但是笑門先生真心愛著書本。

真心愛著人們。

在這三層樓的狹長建築物裡，被溫暖的書本包圍著，和來到店裡的客人們相遇、交談……笑門先生一定看過無數美麗的風景和美好的事物。

而且他一定會這樣想。

能成為書店店員真是太好了。

能出生在書店，以書店店員的身分而活著，就已經很值得了。

圓谷小姐彷彿極力忍住哀傷，她挺直身子，抿緊嘴巴，眼中盈滿淚水。那美麗的姿態就像掛在牆上的那幅畫，雖然寂寞，卻十分凜然。田母神先生把笑門先生的繪本抱在懷中，靜靜地低著頭。摟著田母神先生的明日香小姐也悲傷地閉上眼睛。

書櫃裡，笑門先生的書本們都在說話。他們都在訴說著幸本笑門的為人。

他是個動作很溫柔的人。

他總是充滿情感地對待我們。

他是個悲傷的人，不幸的人，也是個堅強的人。

笑門先生翻我的時候都會笑得很幸福。

他讀我的時候流淚了。

他讀我的時候笑了。

他一次又一次地讀了我。

他一直沒有忘記我。

他是個很溫暖的人。

他很溫柔體貼。

我最喜歡他了。

我也好喜歡笑門先生的觸摸。

真希望讓笑門的心情更愉快。

好想再被笑門先生讀一次。

我想當笑門先生的書。

我最喜歡他。

我也會一直喜歡他。

我喜歡笑門先生。

被笑門讀的時候我好開心。

簡直就像喪禮守夜的會場。

書本們思念著故人，平靜地交談著。
說他是個感情深厚的人。
說他們最喜歡他了。
那些聲音不斷訴說著，就像不絕於耳的小小波濤。
我抱在懷裡的《郵差的故事》也用慈祥的男人聲音寂寥地喃喃說道：
我啊……從笑門還在學走路的時候就一直看著他長大……我最喜歡笑門了。沒有人像他那樣單純地愛著我們、珍惜我們。被這麼好的讀者翻閱，身為一本書就值得了。
在那些溫暖又寂寞的細語聲圍繞之下，我、圓谷小姐、田母神先生、明日香小姐，每個人的心中都各自懷念著幸本笑門。

◇　◇　◇

田母神先生在自己的網站上說出了《彼山書店的葬禮》的題材取自於笑門先生畫的《最後一間書店》，並且附上《最後一間書店》每一頁的內容。

媒體報導這件事時，也提到了鎮上最後一間書店幸本書店，因為店長過世而要關門的事，在網路上引發了熱烈討論。

有很多人因此想買《彼山書店的葬禮》，紙本書賣完了，出版社又緊急再版，連電子書的銷售量也衝上了當天的第一名。

在傍晚的新聞節目裡，田母神先生承諾今後關於《彼山書店的葬禮》的一切收入，都要用來為鎮上招募新書店進駐。

然後，到了幸本書店營業的最後一天。

不只是本地人，其他縣市的居民在新聞上看到幸本書店要關門的消息，也都重返了回憶中的書店。

從一大早就有很多人帶著回憶的書來到幸本書店，和書本合照，寫廣告看板。有的把書貼在臉旁比出勝利手勢，有的把書抱在懷裡，有的把書貼在嘴前，照片裡的每個人都是笑容滿面。

貼上這些照片的廣告看板擠滿了店裡所有的平臺，這樣還放不完，連櫃檯、書櫃，甚至連廁所都放了看板，景象非常壯觀。

『最棒的書！』

『改變我人生的書！』

『一輩子的朋友！』

這些句子用粉紅色、藍色和金色的筆寫在看板上。

我最常看到的字句就是……

『我最愛幸本書店！』

『我永遠不會忘記幸本書店。』

『夏女士、兼定先生、笑門先生，謝謝你們。』

有的客人看到這些字句而在廣告看板前拭淚，有的客人把書抱在胸前哭紅著雙眼說「幸本書店真的要關門了」，甚至有客人放聲大哭，但大部分的人都面帶笑容談論著關於幸本書店的回憶，那些色彩繽紛的廣告看板好像也和他們一起歡笑。

有很多客人買了堆在櫃檯上的《彼山書店的葬禮》，還有人說「我二十年前也來參加過簽名會喔！現在好想再讀一次。笑門先生在那場簽名會上真的好開心啊」。

店門外出現了比簽名會那時更長的隊伍，排隊的客人源源不絕。

大家都好開心。

大家的臉上都掛著笑容。

哭泣的人們很快也變成淚中帶笑，在平臺和書櫃拿了新書之後又面帶笑容地回到隊伍中。

有人買了十本以上，還有人買了五十本，要求寄送到府，擺在書櫃上的書本不斷地變少。

我和其他打工的員工都忙得不可開交，連休息的時間都沒有，但心情卻十分激昂，一點都不覺得累。

圓谷小姐工作得比任何人都認真。

昨天我對她說了：

——不只是書本告訴了我圓谷小姐是最可靠的員工，連笑門先生都是這樣說的。所以我第一次見到妳就立刻想到「喔喔，這個人一定是圓谷小姐」。

她一聽就露出泫然欲泣的表情。

現在她的眼睛還是有點紅，一定是昨天回家之後大哭了一場吧。

可是今天是最後一天營業，她還是幹練地指揮其他員工，自己也跑來跑去接待客人和拿書。

「圓谷小姐，手邊的事情做完以後先休息一下吧，距離打烊還有很長一段時間喔。」

我對她這麼說時，她並沒有像以前那樣滿臉不高興。

「謝謝，我會休息的。」

她如此回答。

去休息之前，圓谷小姐望著店裡的情況，喃喃說道：

「……從我來幸本書店打工之後，從沒看過像今天這麼熱鬧的場面。大家都帶著回憶的書來到店裡，整間書店都擺滿了各種顏色的廣告看板……和店長寫的《最後一間書店》一模一樣呢……如果店長看到今天這幅景象……」

她的語氣之中帶著一些寂寞。

——幸本書店恐怕會在我這一代結束。

我想起了笑門先生說過的話。

——就像地球至今有很多生物滅亡了或進化了一樣，書本和書店或許也正在進化的過程。

他用沉靜的聲音淡淡地說道。

——現在的形態或許無法繼續生存，逐步邁向滅亡……

一臉寂寥地說完之後，又露出了溫柔的微笑。

我平靜地回答：

「笑門先生一直覺得自己過世之後書店就要關門了……而鎮上的書店會漸漸消失……說不定他早就有預感了。或許是因為這樣，他才想像出最幸福的結局，並且寫了出來。」

「最幸福的……結局？」

『葬禮的那一天，全村的居民都來到了書店。』

『每個人都拿著一本充滿回憶的書。』

『他們彼此聊著自己最愛的書。』

『每一個人都寫了廣告看板。』

『桃紅色、玫瑰色、水藍色、黃色、紫色，各種顏色的看板擺放在平臺上，看起來像一片鮮豔的花田。』

『那本書真有趣。』

『這本書讓我大吃一驚呢。』

『這本書也幫了我好大的忙。』

『我最喜歡這本書了。』

『大家寫了好多好多這樣的廣告看板。』

『看板在書本上飄揚，每本書都好溫暖、好幸福。』

圓谷小姐淚眼汪汪，再次望向擠滿平臺的廣告看板，以及愉快地聊著幸本書店的回憶、一邊挑書的客人們；她緩緩綻放笑容，喃喃說道：

「那麼……店長的夢想已經實現了吧……」

一定是這樣吧。

這個念頭似乎把圓谷小姐的心情從悲哀的深淵裡拉上來了。

「我想要幫忙這個小鎮招募新書店進駐的活動，這樣我或許又能在鎮上從事賣書的工作了。」

「那我到時就來找妳買書。」

書本和書店都正在邁向滅亡。

但是，現在這裡還有書本。

還有賣書的人。

還有來買書的人。

鎮上最後一間書店的結局既熱鬧又開心，完全不像是最後一天營業。

然後……

◇　◇　◇

幸本書店在幾天之後關閉了。

要回東京的那天，我一大早就去書店做最後的道別。

閉幕活動賣剩的書本全都退貨了，不能退的書本也都捐贈出去或是賣給舊書店了，店裡所有的書櫃都空蕩蕩的。

這片景象雖然寂寞，但又很清爽。

笑門先生在生前託付過我一件事。

他希望我在他死後來聽聽留在店裡的書本們的聲音。

而且，還要跟他們說話。

結，你能聽到書本的聲音，是書本的有力夥伴，希望你能用溫柔的聲音安慰他們。

所以我才會來到幸本書店。

我聆聽了情同笑門先生家人及朋友的書本們說的話，在員工們都走光以後，每晚獨自在店裡到處走動，對他們說話。

謝謝你們。

辛苦了。

笑門先生和我都祝福你們在今後的旅程中能遇到幸福的邂逅。

好好期待著將會拿起你們、翻閱你們的人吧，這樣你們一定也會成為幸福的書本。

請別忘了你們曾經待過打從心底深愛你們的店長所在的幸本書店，希望你們為自己出身幸本書店而感到驕傲。

謝謝你們。

謝謝你們。

要保重喔。

書本們也輕輕地回應著我。

幸本書店真是個幸福的地方。

能當幸本書店的書真是太好了。

我最喜歡店長笑門先生和打工的店員們了。

夏女士和兼定先生也都是很棒的人喔。

每個聲音都很溫暖。

待在幸本書店的短暫日子裡，我因那些書本的深情而感動，也得知讀過他們的人的故事。

因為一本圖鑑而改變了人生的獸醫道二郎先生。

在漫長歲月之後因書本而結合的彬夫先生和瑛子女士。

懷抱著新舊兩本《海鷗》凜然向前邁進的明日香小姐。

至今仍持續購買笑門先生推薦的「佐羅力」系列的國中生廣空和颯太。

把自己的罪惡感投射在《紅字》的丁梅斯代爾牧師身上而深受折磨的田母神先生，終於能向前走了。

圓谷小姐也懷抱著笑門先生開給她的藥方《論幸福》，她總有一天能實現心願的。

一閉上眼睛，笑門先生的溫柔笑容就浮現在我的腦海。

他瞇起鏡片下的眼睛，嘴角浮現一抹微笑，白皙的手心輕柔地碰觸書本。

我彷彿還能聽見圍在一群孩子中間朗讀繪本的兼定先生活潑生動的聲音。

夏女士帶著嚴肅的表情默默地看著這一幕。

還有一個長得很像笑門先生的小男孩抱著書本，睜著圓滾滾的眼睛抬頭看著。

——爸爸，這本書真的好好看喔。

——我最最最喜歡書了。

——我長大以後要像爸爸一樣開書店。

笑門先生露出開懷的表情抱起男孩，看著他閃閃發亮的眼睛，語氣充滿憐愛和希望：

——書本也說他們最最最喜歡未來了，如果未來當了書店店員，他們也會很開心的。

他用臉頰蹭著男孩帶有牛奶香味的柔軟臉頰，笑著說道：

——你要讀很多書，和書好好相處喔，店裡所有的書都是你的朋友。

——好的，爸爸！

或許有人覺得幸本書店的店長——夏女士、兼定先生、笑門先生——都很短命、很不幸。

但是他們在幸本書店看到的書與人的故事，想必是說也說不完的漫長故事。

書本和書店都在進化的過程中，現在的型態或許會逐漸滅亡。

我們深愛的一切或許有一天會在世上全數消失。

不過，那都是未來的事。

書本、書店仍然存在於我們生活的世界，只要我還活著，一定會深愛著書本這種深情又溫柔、如同奇蹟般的存在。

一定會為了和他們相遇而走進書店。

睜開雙眼，幸本書店的人們的幻影消失了，眼前所見只有空蕩蕩的書櫃。

我抱著《絕種生物圖鑑》，靜靜地站在店內。

奪走笑門先生性命的這本圖鑑被警方送回來之後就一直失魂落魄、悲傷嘆息。

我殺了笑門先生。

可是笑門先生在臨死之前還微笑著說……

謝謝你們，我愛你們。

正如他告訴田母神先生自己的心裡只有喜悅。

他不埋怨也不感傷，而是平靜地迎向終結。

笑門先生會見到太太和兒子嗎？

他會在天上把很像他的男孩抱在腿上，溫柔地翻著書嗎？

我向不停自責的書本說「這不是你的錯」。

雖然他一直希望自己被丟棄，但他聽到我說「跟我一起走吧」，就哭著回答「嗯」。

老是埋怨我劈腿的夜長姬也沒多說什麼。

再不去車站就趕不上回去的電車了。後天新學期就要開始，我要升上二年級了。

笑門先生說我像小矮人，但我也和經過漫長旅途送出熾熱信件的科爾巴巴先生一樣，在幸本書店度過的這段時間看到了很多值得的事。

我緊抱著《絕種生物圖鑑》，走出關了燈的書店，耳中彷彿聽見笑門先生平靜溫柔的聲音敘述著《郵差的故事》最後一段文字。

『就這樣，大家都幸福地回去了。』

『然後，這個故事也順利地在此到達終點了。』

《最後一間書店》的漫長結局

後記

我是在東北地區的中核都市長大的。（註3）當時站前非常繁榮，有三間百貨公司，要找書非常方便。

在我的生活圈內有規模龐大的中央圖書館，還有不少書店，每一間都有很多客人在挑書。在發售日的前一天就擺出新書是理所當然的事，所以我都會在發售日的前一天就興奮地跑到書店買書。

其中生意最興隆的是車站附近的拱頂商店街裡的三層樓書店，店裡從地板到天花板都擺滿了書，簡直就是書的樂園，我們全家若一起出門，媽媽帶著弟弟去購物時，我和爸爸都會一邊看書一邊等他們。

爸爸都待在一樓的雜誌及一般書籍區，我則是泡在二樓的童書區，臨走時買本書也很開心、很幸福。

註3　人口超過二十萬、比一般的市擁有更多屬於都道府縣權限的都市。

過了幾年，我開始會去三樓的漫畫區，在那裡看了好多好多的書。那真是在書店還容許白看書的時代的幸福回憶。

無論想找什麼書，想買什麼書，那間店都有。我從來沒碰過因為書賣完或是沒進貨而買不到書的情況，我對這間書店有著近乎信仰的依賴，相信他們什麼書都有，我也因為本市有這樣的書店而感到自豪。

去東京讀大學後，我心中第一名的書店還是那一間。我還會在心中誇耀：我故鄉的書店很厲害喔！是東北地區最好的，不，是全日本最好的書店喔！

所以當我聽說那間書店要關門時，簡直無法相信，還一邊哭一邊上網調查。被故鄉的人們那樣喜愛、生意那樣興隆的書店竟然要關門了。我本來以為那間書店永遠都會在那裡。

在寫幸本書店的故事時，我一直想起那個充滿幸福的地方。

雖然幸本書店的人們的故事到此就結束了，不過結的故事會在Fami通文庫同時發售。書名是《結與書系列：《外科室》的一心一意》，那是一本短篇集，裡面也提到了很多書，希望大家兩本都要看唷。

這兩部作品的插畫都是竹岡美穗老師畫的。我拿到本書的封面插畫時，被夏女士、笑門先生、兼定先生高潔的背影感動得哭了。看完本書的故事之後，請拿下書腰，再一次好好地欣賞封面上的三人吧。

最後，無論書店和書本將來如何改變，我相信有些本質上的東西是不會變的。我永永遠遠都會深愛著書店和書本。

二〇二〇年五月二十九日　野村美月

本書引用或參考了以下作品：

《野菊之墓》（伊藤左千夫著，新潮社出版。）

《海鷗‧萬尼亞舅舅》（契訶夫著，神西清譯，新潮社出版。）

《紅字》（霍桑著，八木敏雄譯，岩波書店出版。）

《怪傑佐羅力：神祕的外星人》（原ゆたか著，POPLAR社出版。）

《論幸福》（阿蘭著，白井健三郎譯，綜合社編，集英社出版。）

《郵差的故事》（卡雷爾‧恰佩克著，栗栖茜譯，海山社出版。）

附贈的夜長姬
～我一直都有在口袋裡啦！

這次……沒有我的戲分。
(´;ω;`)

結……忘記我了嗎……？
(;≧◇≦)

還跟打工的女人糾纏不清。
Σ(ﾟДﾟ;)

對客人也太熱情了啦……
(*｀へ´*)

結只能對我一個人笑。
ヽ(ﾟ｀Д´ﾟ)ﾉ

不要那麼溫柔地幫其他書包書套啦。
o(>_<*)(*>_<)o

不行不行，討厭討厭！我要詛咒你！
。･ﾟ･(*/□＼*)･ﾟ･。

……真想快點回家。
(´;Д;`)

浮文字
結與書系列：《最後一間書店》的漫長結局
（原名：むすぶと本。『さいごの本やさん』の長い長い終わり）

著　　者／野村美月　繪　　者／竹岡美穗　譯　　者／HANA
榮譽發行人／黃鎮隆　美術總監／沙雲佩　企劃宣傳／楊玉如、施語宸、洪國瑋
總 經 理／陳君平　美術編輯／方品舒　文字校對／施亞蒨
協　　理／洪琇菁　執行編輯／許晶翎　內文排版／謝青秀
總 編 輯／呂尚燁　國際版權／黃令歡、梁名儀

出　　版／城邦文化事業股份有限公司 尖端出版
台北市中山區民生東路二段一四一號十樓
電話：（〇二）二五〇〇—七六〇〇
傳真：（〇二）二五〇〇—二六八三
E-mail: 7novels@mail2.spp.com.tw

發　　行／英屬蓋曼群島商家庭傳媒股份有限公司城邦分公司 尖端出版
台北市中山區民生東路二段一四一號十樓
電話：（〇二）二五〇〇—七六〇〇（代表號）
傳真：（〇二）二五〇〇—一九七九

中彰投以北經銷／楨彥有限公司（含宜花東）
電話：（〇二）八九一九—三三六九
傳真：（〇二）八九一四—五五二四

雲嘉經銷／智豐圖書有限公司 嘉義公司
電話：（〇五）二三三—三八五二
傳真：（〇五）二三三—三八六三
客服專線：〇八〇〇—〇二八—〇二八

南部經銷／智豐圖書有限公司 高雄公司
電話：（〇七）三七三—〇〇七九
傳真：（〇七）三七三—〇〇八七

香港經銷／一代匯集
香港九龍旺角塘尾道六十四號龍駒企業大廈十樓 B&D室
電話：（八五二）二七八三—八一〇二
傳真：（八五二）二五八二—一五二九

新馬經銷／城邦（馬新）出版集團 Cite（M）Sdn. Bhd.
E-mail: cite@cite.com.my

法律顧問／王子文律師 元禾法律事務所
台北市羅斯福路三段三十七號十五樓

二〇二二年二月一版一刷

■中文版■

郵購注意事項：
1.填妥劃撥單資料：帳號：50003021戶名：英屬蓋曼群島商家庭傳媒(股)公司城邦分公司。2.通信欄內註明訂購書名與冊數。3.劃撥金額低於500元，請加附掛號郵資50元。如劃撥日起 10～14日，仍未收到書時，請洽劃撥組。劃撥專線TEL：(03)312-4212 ・ FAX：(03)322-4621。E-mail：marketing@spp.com.tw

國家圖書館出版品預行編目資料

結與書系列：《最後一間書店》的漫長結局 / 野村美月作，HANA 譯．-- 1 版．-- [臺北市]：城邦文化事業股份有限公司尖端出版：英屬蓋曼群島商家庭傳媒股份有限公司城邦分公司發行，2022.02

面； 公分

ISBN 978-626-316-421-5（平裝）

譯自：**むすぶと本。『さいごの本やさん』の長い長い終わり**

861.57　　110020724